KB076425

나는 치우천황이다

1판 1쇄 인쇄 | 2024년 02월 01일
1판 1쇄 발행 | 2024년 02월 06일

지 은 이 | 이경철
펴 낸 이 | 천봉재
펴 낸 곳 | 일송북

주   소 | 서울시 성북구 성북로 4길 27-19(2층)
전   화 | 02-2299-1290~1
팩   스 | 02-2299-1292
이 메 일 | minato3@hanmail.net
홈페이지 | www.ilsongbook.com
등   록 | 1998. 8. 13(제 303-3030000251002006000049호)

ⓒ이경철 2024
ISBN 978-89-5732-310-6 (03800)
값 14,800원

※ 책값은 뒤표지에 있습니다. 잘못된 책은 구입처에서 교환해 드립니다.

고대 배달 민족의 얼인 고대 동아시아 지배자

나는 치우천황이다

이경철 지음

일송북

대동 세상을 열려는
너희 본디 마음이 나 치우다

"나는 천산산맥 넘어 해 뜨는 밝은 곳을 향해 내려와 신시 배달국을 열었다. 너도 하느님 나도 하느님, 너도 왕이고 나도 왕이니 서로서로 섬기는 대동 세상 터를 닦고 넓혀 왔다. 하여 뭇 생명이 즐겁고 이롭게 어우러지는 세상을 열려는 너희 본디 마음이 곧 나 일지니."

-치우천황이 독자에게-

한국을 만든 인물 500인을 선정하면서

　일송북은 한국을 만든 인물 5백 명에 관한 책들(5백 권)의 출간을 기획하여 차례대로 펴내고 있습니다. 이는 긍정적이든 부정적이든 우리 역사에 뚜렷한 족적을 남긴 인물들의 시대와 사회를 살아가는 삶을 들여다보고 반성하며, 지금 우리 시대와 각자의 삶을 더욱 바람직하게 이끌기 위해서입니다. 아울러 한국인의 정체성은 무엇인가를 폭넓고 심도 있게 탐구하는, 출판 사상 최고·최대의 한국 인물 총서가 될 것입니다.

　시리즈의 제목은 「나는 누구다」로 통일했습니다. '누

구'에는 한 인물의 이름이 들어갑니다. 한 인물의 삶과 시대의 정수를 독자 여러분께 인상적·효율적으로 전할 것입니다. 무엇보다 지금 왜 이 인물을 읽어야 하는가에 충분히 답해 나갈 것입니다.

이번 한국 인물 500인 선정을 위해 일송북에서는 역사, 사회, 문화, 정치, 경제, 국방, 언론, 출판 등 각 분야의 전문가들로 선정위원회를 구성했습니다. 선정위원회에서는 단군시대 너머의 신화와 전설쯤으로 전해오는 아득한 상고대부터 아직도 우리 기억에 생생한 20세기 최근세까지의 인물들과 그 시대들에 정통한 필자를 선정하고 있습니다.

우리는 지금 최첨단 문명시대를 살고 있습니다. 인터넷으로 실시간 글로벌시대를 살고 있으며 인공지능 AI의 급속한 발달로 인간의 정체성마저 흔들리고 있음을 절감하고 있습니다.

이러한 때일수록 인간의, 한국인의 정체성이 더욱 절실히 요구되고 있습니다. 그 정체성은 개인이나 나라의 편협한 개인주의나 국수주의는 물론 아닐 것입니다. 보수와 진보 성향을 아우르는 한국 인물 500은 해당 인물의 육성으로 인간 개인의 생생한 정체성은 물론 세계와 첨단 문명시대에서도 끈질기게 이끌어나갈 반만년 한국인의 정체성, 그 본질과 뚝심을 들려줄 것입니다.

한국 인물 500 선정위원회 (가나다 순)

위원장: 양성우(시인, 前 한국간행물윤리위원회 위원장)

위원: 권태현(소설가, 출판평론가), **김종근**(미술평론가), **김준혁**(역사, 한신대 교수), **김태성**(前 11기계화사단장), **박상하**(소설가), **박병규**(前 중앙일보 경제부), **배재국**(시인, 해양대 교수), **심상균**(KB국민은행 노조위원장), **윤명철**(역사, 前동국대 교수), **오세훈**(언론인, 前 기아자동차 홍보실장), **이경식**(작가, 번역가), **오영숙**(前 세종대학교 총장), **이경철**(문학평론가, 前 중앙일보 문화부장), **이동순**(시인, 영남대 명예교수), **이덕일**(순천향대학교, 역사), **이순원**(소설가), **이종걸**(이회영기념사업회장), **이중기**(농민시인), **장동훈**(前 KTV 사장, SBS 북경 특파원), **하만택**(성악가)

차 례

1부

배달 민족의 얼인
고대 동아시아 지배자 치우

1. 고대로부터의 빛,
치우와 동아시아 르네상스

　지금 우리 시대에 왜 치우이고 치우는 누구인가? 우리 민족이 국조國祖로 받드는 단군을 낳고 상고시대에 동아시아를 호령하며 황하문명보다 앞선 세계 최초의 문명을 낳은 치우. 오늘도 축구 국가대표 서포터즈인 붉은 악마의 깃발로 민족의 얼과 진취성을 휘날리고 있다.

　치우는 저 아득한 시대 역사적으로 실존했던 인물이면서도 우리 민족의 가슴속에 오늘도 살아있고 영원히 살아갈 신화다. 우리 민족의 용맹과 지혜, 그리고 얼의 중심이요, 총화가 치우다. 따라가기도 힘든 이 신유목·첨단 문명시대를 인간답게 이끌어갈 비전이 치우다.

민족이란 씨족처럼 한 핏줄에서 저절로 생겨난 것이 아니다. 젖과 꿀이 흐르는, 하늘의 도가 물처럼 흐르는 낙원을 이 땅에도 세우겠다는 본디 마음을 오랫동안 지켜오며 함께 어우러져 형성된 민족이 우리 민족이다.

그러므로 인간과 민족과 사회의 정체성을 잃고 날로 물신物神화되어가고 있는 오늘의 세계와 문명을 다시 본디 마음자리로 돌아가 바로 세우기 위해 치우가 소환되고 있는 것이다.

무엇보다 신화로 치부되기도 하는 단군 너머 우리 민족 시원의 역사를 찾아가게 하는 이정표가 치우다. 동서양을 잇는 실크로드와 동아시아 전역을 국경 없이 넘나들며 활동하던 민족 초창기 역사를 증명하는 실재가 치우다.

한 천 년이 다음 천 년으로 넘어가며 흥분과 불안감이 가중되던 1999년. 열기가 점점 더해가는 여름 들어 김지하 시인을 중심으로 고대 연구가들이 처음으로 모이기 시작했다. 나선화(고고학), 김영래(고대 경제 인류학), 이정우(철학), 박희준(고대 천문학), 우실하(동양 사회 사상)

씨 등과 필자를 비롯한 언론인 등 열 명 남짓이 한 달에 두어 차례씩 모여 장시간 회의와 공부를 했다.

대주제는 '고대로부터의 빛, 21세기의 비전'으로 잡았다. 국가가 형성된 단군 너머 우리 민족의 아득한 고대, 유목과 채집 사회와 사상으로부터 21세기 신유목시대의 비전을 환하게 밝혀보자는 기획이었다.

밀레니엄 교체기인 당시 우리와 세계의 시대상은 어떠했는가? 소비에트 공화국이 해체되고 동유럽 공산권 국가들이 잇달아 민주화되면서 20세기를 옥죄던 전쟁과 냉전시대는 끝나는 듯했다.

그러나 자본주의 대 사회주의의 건강한 긴장이 풀어지고 자본주의 일색이 되면서 돈이 곧 권력과 신이 되는 물신주의로 빠져들었다. 인간과 사회의 부패상이 도를 넘어서고 종말론까지 보태지며 혼란 속으로 빠져들고 있었다.

서양의 유력 언론들은 이 같은 대혼란을 '빅 카오스'라 불렀다. 위정자와 학자들은 사회, 인간, 자연의 총체적 위기라면서도 그 해결책을 제시하지 못하고 있었다.

우리나라는 1998년 김대중 대통령의 국민의 정부가 들어서 민주화의 결실을 거두고 나서부터 혼란 속으로 빠져들었다. 현실적 사회주의 국가의 몰락과 함께 역 시너지효과를 내며 재야의 자생적이고 건실한 사상과 이념이 썰물처럼 빠져나가버리고 있었다.

　더구나 1997년에 불어닥친 IMF 외환위기는 수없이 많은 실업자를 거리로 내모는 경제구조조정을 거쳐 우리 사회를 후기 자본주의 사회로 편입시켰다. 거기에 인터넷 공간의 생활화로 글로벌 사이버 신유목, 디지털 노마드 시대로 대책 없이 접어들며 정체성의 혼란을 가중시키고 있었다.

　그러한 밀레니엄 교체기에 새 밀레니엄을 건강하게 이끌 담론을 우리 민족의 저 먼 고대사와 사상에서 찾아보자는 모임이었다. 그 모임을 이끌던 김지하 시인은 누구였던가?

　김지하는 '지하地下'라는 이름대로 박정희 군부 독재 시대에 지하 활동을 하거나 투옥되는 등 독재에 저항하고 시를 썼던 민주인사요, 시인이다. 5·16 쿠데타와 유신으로 대표되었던 군부 독재 저항의 상징이면서 우리 민족 고유의 한에서 빛과 에너지를 얻는 서정으로 민족시와 민중시의 세계를 힘차게 열어젖힌 시인이다. 나아가 우리 민족의 아득한 원류인 마고성으로부터 신시神市, 단군 시대를 거쳐 동학으로 이어지는 시대와 사상을 연구하며 우리 시대를 더 낫게, 건강하게 이끌려던 사상가 아니었던가. 어느 사상에도 메이지 않고 시적 상상력으로 자유스럽게 시공時空을 넘나들던 영원한 유목민 아니었던가.

"많은 문명 이론가, 생태학자와 영성 수련자들이 한결같이 전 지구 생명체의 파멸적 위험을 우려합니다만 여기에 대응한 세계시민운동도, 새 과학도, 과학을 촉매할 담론도, 비전도 나오지 않고 있습니다. 이 지점에서 어디 한번 눈을 부릅뜨고 생각해 봅시다. 고조선 문명의 패턴이 여기에 대해 대답할 수 없을까요?"라고 물으며 우리 민족의 동방 르네상스를 부르짖던 시인이 김지하 아니던가.

해서 강단사학자들은 사실史實에 엄격한 직분상 엄두도 낼 수 없는 단군시대 그 너머의 초 상고사를 여러 학자와 함께 시적 상상력으로 뚫어보려 한 모임이 '고대로부터의 빛, 21세기의 비전'이었다. 세기말적 증후군을 치유하고 새 밀레니엄의 비전을 서양에서 제시하지 못하고 있는 것은 고대 발칸이나 희랍의 사상적 원천이 고갈되었기 때문이라며 과거 중국 등의 세련된 사상 체계보다 그 이전 동아시아의 상고시대에서 창조적 담론을 찾으려 한 것이다.

나는 당시에 일간지 문학 담당 기자였기에 1980년대 말부터 김지하 시인과 자주 만나 왔었다. 고문과 투옥 후유증으로 이명耳鳴과 면벽증面壁症에 시달리던 김 시인을 모시고 병원도 함께 갈 정도로 친근했던 터라 그 모임에 끼어 공부 준비와 정리도 하고 또 그 성과물을 유력 일간지에 연재하고 TV 프로그램에 방영하는 방안도 기획했었다.

모임을 거듭하며 연재는 치우천황으로 열어가기로 하고 그 원고까지 내가 수집, 정리했었다. 단군조선에 앞선 배달국시대 천왕으로 대한민국 축구 국가대표팀 서포터즈인 마스코트로 민족혼을 불러일으키며 한창 떠오르던 인물이 치우였기에 대중의 관심을 끌 수 있다는 판단에서였다.

아울러 강단사학에 의해 꽉 막혀 있던 단군시대를 과감하게 뛰어넘기 위해서였다. 그러나 여러 사정과 이유로 그 기획은 수포로 돌아갔고 모임도 흐지부지되었다.

그렇게 20여 년이 훌쩍 지난 2022년 6월 25일 서울 천도교 수운회관에서 김지하 시인 49제 추모제가 열렸다. 회관을 꽉 채운 문화예술인들이 김 시인의 업적을 기리고 혼을 영원한 시공에서 평안케 하며 우리 사회와 시대를 반성하고 좀 더 나은 세계로 나가려 천도재를 지낸 것이다.

공손하면서도 한스러운 살풀이춤 등도 펼쳐지는 추모제를 같이 지내며 아연 빛살과도 같은 소리가 울려오는 듯했다. 아득한 시공에서인지 내 속에서인지 아래와 같은 목소리가 들려온 듯해 여기 그대로 적어 본다.

나는 박달나무다. 어둠 가운데 문득 한 줄기 빛이 나타나 별로 뜨더니 이윽고 하늘과 땅이 나뉘기 이전부터 나는 이곳에 있었다. 별에서 만물이 움트고 너희 사람이 나기 전부터 나는 이곳에 우뚝 서 살아왔다.

해와 달과 별이 수수만년 한결같이 돌고 돌았다. 뭇 새소리
와 함께 사람들 또한 살다 죽어갔다. 내 가슴에서 태어나 내 발
치에 살며 가정을 이루고 나라를 일으켜 이 땅에 하늘나라를 열
려다 하늘로 올라가 별이 되었다. 내 무성한 가지와 잎 사이로
반짝이는 밤하늘의 보석 같은 저 별들이 하나하나 다 너희다.
언제고 다시 이 땅에 내려와 하늘나라를 열 생령生靈들일지니.

너희는 나를 신단수神檀樹라 부른다. 발은 땅속 깊이 내리
고 손은 하늘 높이 치켜들고 서 있다. 그리하여 땅의 너희와 하
늘에 있는 너희의 생령들을 이어주고 있나니. 너희는 내 줄기에
서 태어나 내 발치에서 살다 갔다. 내 발밑에 하늘로 오르려는
돌계단을 쌓고 내 가지가지에 너희 저마다 소원을 매달며 살다
하늘로 돌아갔나니.

저 천산 너머의 바이칼호수 알혼섬에 색색의 헝겊을 두른
서낭목과 시베리아 동토의 나뭇가지에 꽂아 휘날리는 종이돈
들이 내 한 가지다. 히말라야 고산준령 설산에 휘날리는 빨강,
파랑, 노랑, 하양, 검정 빛깔 오방기도 내 한 가지다. 바다 건너
섬나라 신사의 나뭇가지마다 눈꽃처럼 핀 하얀 소원의 종이도

내 한 가지다.

마을 입구에 꿋꿋이 선 채 눈 부라리며 너희 사는 모습을 지키는 장승도 내 한 가지며 높다란 나무 꼭대기에서 저 아득한 북녘, 너희 시원始原을 향해 막 날아가려는 기러기 솟대 또한 내 한 가지일지니.

그러므로 땅에서 하늘로, 하늘에서 땅으로 통하는 나는 곧 너희 간절한 마음이다. 하늘의 별들이 나를 타고 땅에 내려와 살다 다시 나를 타고 하늘로 올라가 별로 뜬다고 믿는 너희 마음이 나다. 하늘에서 타고 내려온 마음을 있는 그대로 보전해 뭇 생명 즐겁고 이롭게 어우러지게 하는 하늘나라를 열려는 너희의 본디 마음자리가 곧 나일지니.

나는 바람이다. 파미르고원에서 일어나 저 시베리아 동토를 거쳐 발해만으로 부는 바람이다. 중앙아시아 고원에서 큰 바다 너머로 부는 바람이다. 툰드라 순록과 곰과 호랑이 숨소리와 대초원 풀꽃 향기로 삼한의 보리밭을 일렁이며 너희 귓불에 부는 바람이다.

너희가 짓달린 말발굽 소리의 바람이며 쇠와 쇠가 부딪치며 내지른 너희 비명의 바람이다. 나는 너희의 은밀한 내력을 전해주는 바람일지니.

　본디가 해이고 달이고 별인 하늘의 자손인 너희. 내 가슴속에서 태어나 내 발치에서 꿈꾸며 살다 저 하늘로 돌아갈 너희. 이제 본디의 마음을 열고 내 바람 소리를 들어라.

　너무 멀리 떠나와 이제 역사에서 떨어져 나간, 그러나 내 안에서 태어나 내 발치에서 이뤄진 너희의 반만 년 그 너머 아득한 이야기일지니.

　수수만년도 내겐 아득한 한순간. 그렇다고 한 줌 모래알처럼 허망하게 빠져나가거나 쏜살같이 앞을 향해 날아가는 시간은 아니다. 너희 사람들 마음의 시간도 지면 또 떠오르고 차면 또 기우는 저 해와 달과 별과 같은 되풀이 시간 아니더냐.

　그러므로 내 말은 하늘의 아들딸로서 마음만 열면 가슴속에서 새록새록 되살아날 오늘 너희 이야기이고 또 내일의 이야기일지니. 내 무성한 잎사귀를 일렁이며 또 황금빛 바람이 이는구나.

2. 상고시대 최초의 대전쟁인
탁록대전涿鹿大戰

베이징에서 서북쪽으로 차로 두 시간가량 달리면 산서성과 하북성을 가르는 관문인 탁록이 나온다. 동양의 그랜드 캐니언으로 불리는 이 요새 같은 습곡 지대에서 4천7백 년 전 10년간 73차례에 걸쳐 동북아시아 최초의 큰 전쟁인 탁록대전이 벌어졌다.

중원 지방의 황제가 탁록의 부산을 점령하면서 전쟁은 시작된다. 부산釜山은 가마솥산, 즉 솥터다. 솥터는 우리 삼한의 역사가 알고 있는 소도蘇塗의 우리 말이다.

이 소도는 주위 정착 부족의 권력이 미치지 않는 성스러운 장소다. 우리 역사책에도 자주 나오는 소도는 고대 세계에서는 마을 마을마다 있어, 이 거미줄처럼 연결된 소도를 통해 모든 부족민은 세계를 자유롭게 이동할 수 있었다.

동북 지방의 황제 신농은 이런 고대 시민적 성지를 더럽힌 황제를 즉각 응징했다. 싸움은 탁록에서 몇 리 떨어진 판천에서 시작됐다. 신농의 다른 이름은 염제炎帝, 즉 태양과 불의 신답게 화공법을 썼다. 황제는 뇌우의 신답게 우레와 번개, 그리고 비로 싸웠다.

황제의 이름은 헌원軒轅이다. 그는 한자 이름의 뜻대로 마차와 마차 바퀴가 달린 전차戰車를 처음 만들어 사용한 사람이다. 지축을 뒤흔드는 수천 대의 전차가 달리는 소리와 대형 북소리가 협곡에 메아리쳐 마치 우레 같은 소리를 나게 한 것이다. 또 큰 마차에 실은 물탱크로 신농의 화공을 무력화하며 황제는 판천대전에서 승리했다.

패한 신농의 뒤를 이은 자가 치우다. 동두철액銅頭鐵額으로 상징되는 치우는 청동기 투구를 쓰고 철 갑옷을 입은 전쟁의 신이다. 황제의 돌이나 청동 무기에 비해 치우는 철기 부대 81개를 직속으로 거느리고 묘민, 구려 등

남방과 동북방의 전투력 강한 부족들도 동원했다.

황제의 전차 부대는 사방에서 몰려드는 치우의 군사들에 맞서 보급로 차단 등 후방 교란 작전을 폭넓게 펼쳤다. 황제의 주력이 전차 부대라면 치우의 주력은 철기로 무장한 보병 부대다.

치우의 부대는 활과 쇠뇌 등의 사격 무기를 앞세워 상대의 전열을 흩트린 다음 방패와 장창으로 무장한 부대로 포위·섬멸해갔다. 때로는 역으로 방패와 창 부대로 거대한 진을 친 다음 화살을 쏘아 상대방을 쑥대밭으로 만들어 나갔다. 또 소도에서 소도로 이어지는 네트워크를 이용해 마차와 배로 신속하게 병력을 이동시켜 황제군을 포위·섬멸해나갔다.

패망 직전까지 몰렸던 황제는 묘책을 강구하여 전세를 확 뒤집는다. 치우군의 지휘·통신 체계인 결승언어를 모두 파괴해버린 것이다. 고대의 각 부족 간에는 말이 잘 통하지 않았다. 이 문제를 해결하기 위한 수단이 줄을 꼬아 뜻을 전하는 결승언어였다.

황제군은 치우군이 꼬아놓은 결승언어를 태워버림은

물론 그런 통신 부대를 섬멸해갔다. 대신에 황제는 자신의 명령을 결승언어로 꼬아 전하는 부대를 신설하고 또 필방조라는 새의 꼬리에 묶어 사방팔방의 각 부대에 날려 보내기도 했다.

이렇게 황제는 지휘·통신 체계를 강화하고 상대방의 그것은 철저하게 파괴해 나갔다. 그 결과 치우의 연합작전을 불가능하게 한 황제는 강력한 전차 부대로 치우의 단위 부대들을 속속 격파해가며 역전승을 거둘 수 있었다.

탁록에서 연합군을 몰아낸 황제는 치우의 반격에 대비하여 그곳을 요새화했다. 수공을 위한 보를 쌓아 놓고 산 곳곳에 진지도 파놓고 보병을 막을 수 있는 진법 훈련도 게을리하지 않았다.

세계 시민의 자유로운 이동을 보장하고 지원하는 소도와 세계 언어인 결승언어를 파괴한 것은 결국 예부터 내려오던 신시神市의 성스러운 자유 체제를 부정한 것이다. 그런 중원의 황제를 부족국가 연합의 수장인 치우는 그대로 놓아둘 수 없었다.

부족 간의 연합작전을 할 수 없게 되자 치우는 곰과 호랑이 등 야수들보다 더욱 크고 용맹한 수렵족인 과보족을 동원한다. 태양과 종일 달리기 경주를 하다 태양이 붉은 노을을 남기며 사라지는 모습에 목이 말라 황하 강물을 다 마시고도 모자라 바다 같은 바이칼호에 뛰어들어 단숨에 모두 마셔버렸다는 전설을 남긴 족속이 과보족이다.

바이칼호 주변에서 곰이나 들소 무리를 사냥하면서 사는 과보족의 엄청난 주파력과 용맹성에 치우는 철제 무기를 더해 줬다. 거기에 진법 훈련까지 시켜 천하무적의 보병으로 키워서 탁록으로 직격하게 했다.

황제는 자신에게 직속된 전차 부대를 긴급출동시켰다. 팔방조를 띄워 부대를 탁록으로 모이게 했다. 그러나 들소 사냥하듯 과보족은 전차 부대를 섬멸해 나갔다. 거기에다 치우는 용 모양을 한 풍선을 하늘에 띄워 화공으로 탁록 습곡 지대의 꼭대기에 있는 황제군의 지휘소와 진지들을 불살라 버렸다.

황제에게 승리한 배달국 환웅 치우천황은 요하 지역에 있던 수도 신시를 산동반도로 옮기고 청구국을 열었다. 이렇게 4천7백 년 전 중원의 황제가 동북아의 신농과 그 뒤를 이은 치우와 10년간 73차례에 걸쳐 싸운 전쟁이 탁록대전이다.

지금 탁록에는 '돌아와 뿌리를 찾는 동산'이라는 귀근원歸根苑이 들어서 있다. 1996년 중국 정부가 조성한 이곳에는 중화삼조당中華三祖堂도 있다. 중화민족의 세 조상님을 모신다는 이 집에는 황제 좌우로 신농과 치우도 모셔져 있다. 4면의 벽은 황제와 신농이 싸운 판천지전阪泉之戰과 치우와 황제가 싸웠다는 탁록지전涿鹿之戰을 그린 벽화로 장식했다.

탁록대전과 치우와 황제에 대한 중국 측 기록은 사마천의『사기史記』를 비롯해『산해경山海經』등 춘추전국시대 이후의 여러 사서에 줄곧 나오고 있다.『사기』「오제본기」는 다음과 같이 전한다. "신농의 치세 말기에 세상이 혼란스러워지자 헌원이 신농과 판천에서 싸워 몰아냈다. 용맹하고 포악해 신농도 손을 대지 못했던 치우가 난을 일으키자 헌원이 탁록에서 잡아 죽이고 세상을 평정했다."

그러면서도 『사기』는 냉정하게 치우가 아홉 번이나 싸웠으나 모두 완패했다고 전한다. 또 하늘의 이치를 잘 알고 있던 장자莊子는 황제 헌원이 덕을 닦지 못하고 치우와 더불어 탁록의 벌판에서 싸워 피가 백 리나 흘렀다고 했다.

중국에 반해 우리 측 기록에는 치우가 황제에게 이긴 것으로 되어 있다. 예부터 전해 내려오는 사서들을 묶었다는 『환단고기』에 따르면 황제가 병사를 일으키자 즉시 탁록으로 내려가 황제를 사로잡아 신하로 삼았다고 한다.

치우는 탁록대전에서 이겼든 졌든 중국이나 한국 양측에서 전쟁의 신으로 확실히 추앙받아오고 있다. 한나라 유방이 초나라 항우와 결전을 치르기에 앞서 치우에게 제사를 지내고 빌었다는 기록도 있고 이순신 장군도 결전을 앞두고 있을 때마다 치우를 떠올리며 빌었다는 기록을 남기고 있다.

2002년 한국과 일본에서 개최된 월드컵에서 한국은 강적들을 잇달아 물리치며 4강에 올랐다. 그때 우리는 붉은 악마 깃발을 흔들며 "우리 민족 배달국의 14대 천왕이

자 전쟁의 신으로 승리를 상징하는 인물"이라며 치우를 우리의 조상, 전쟁의 신으로 세계 만방에 확실히 알렸다.

3. 탁록대전의 현재적 의미

　하나님이 창조한 최초의 남자와 여자, 아담과 이브가 낙원 에덴동산에서 쫓겨나 아래 세상으로 와 낳은 아들이 카인과 아벨이다. 인간이 낳은 최초의 자식인 것이다.

　하나님이 만들고 키워준 아담은 이 땅에서 자신의 힘으로 살아갈 인간인 자식들의 생업을 위해 형인 카인에게는 농사를, 동생 아벨에게는 양치기를 가르쳤다. 어느 날 아벨의 양이 카인의 밭에 들어가 농작물을 망치자 화가 난 카인은 동생을 돌로 쳐 죽였다.

　기독교 경전인『성경』은 인류 최초의 살인이 이렇게 일어났다고 전한다.『성경』에 나오는 이 이야기를 문명사적

시각에서 유목과 농경 사이에서 빚어질 수밖에 없는 원초적 싸움이라 해석하는 학자들도 있다. 그렇듯 탁록대전을 유목시대 농경 문명의 첫 번째 대충돌로 보는 시각이 일반적이다.

황제족은 산동성 곡부의 서북방에 자리 잡고 이동하며 농경을 하던 유농민이었다. 사마천이 『사기』에 "황제가 주둔하는 곳마다 병영을 지어 방어하도록 했다"라고 기록했듯이 지역적 경계를 나누는 폐쇄적 경제체제로 가고 있었다.

치우족은 곡부를 중심으로 산동반도 일대에 자리 잡은 유농민으로 지역적 경제체제를 인정하지 않고 끊임없이 돌아다니는 개방적 경제체제를 옹호했다. 그래서 동양 고대 사회학자인 우실하 씨도 전거들을 들며 탁록대전은 유목의 개방적 문명 대 농업의 폐쇄적 문명의 충돌이라고 확인했었다.

탁록대전 이후에도 울타리를 치고 지키려는 폐쇄 문명과 세상 나뉨 없이 바람처럼 물처럼 흐르게 하려는 개방 문명 사이에 얼마나 많은 전쟁이 일어나고 있는가. 중국 대륙을 지키려 세운 장벽인 만리장성을 넘나들며 얼마나 많은 쟁투가 벌어졌고 그 결과 중원 대륙의 주인이 얼마나 많이 바뀌었는가.

자, 그러면 지금 우리가 사는 세상을 한번 둘러보자. 디지털 노마드 시대로 불리며 오랫동안 땅에 울타리 쳐놓고 서로 침탈하며 싸우던 시대는 가고 다시 온 세상을 마음껏 누비고 다니는 온누리 세상이 온다는 기대도 가졌었다. 그러나 우크라이나에서 볼 수 있듯이 전쟁은 계속되고 있다. 디지털 세상도 흉흉하긴 마찬가지다.

이러한 때 우리 민족 배달국의 치우천황이 꿈꾸고 용맹스럽게 펼쳐온 도道와 덕德이 바람처럼 물처럼 흐르고 넘치는 본디 마음 그대로의 세상을 살피기 위해 탁록대전을 문명사적 충돌로 보려는 시각에서 맨 앞에 내세운 것이다.

그렇다면 중국의 역사시대인 하, 상, 주 나라에 앞서는 삼황오제의 신화시대에 벌어진 탁록대전은 신화인가, 역사인가? 주인공들이 신 같은 형상과 괴력을 발휘하고 이매망량魑魅魍魎 등 온갖 귀신과 도깨비들이 참전한 전쟁은 신들의 이야기인가, 인간들의 이야기인가?

전쟁이 벌어진 장소에 기념관도 건립하고 그림까지 그려놓고 자신들의 조상으로 모시고 있는데 단순히 신화로 치부해버릴 것인가. 신화가 아니라 너무 멀어 아득한 역사를 그 당시의 신화적 상상력으로 다시 되살려낸 역사가 탁록대전일 것이다.

대체 우리에게 신화란 무엇인가? 신들의 이야기가 아니라 우리 기억 속에 깊이 새겨져 내려온 우주 만물과 하나 되어 살았던 우리 태초의 이야기가 아니겠는가. 오늘도 우리가 잠자며 무의식적으로 꾸고 있는 꿈처럼.

우리가 살아간 족적뿐 아니라 느낌과 소망, 두려움까지 그대로 담긴 생생한 이야기가 신화 아닌가. 하여 오늘도 우리를 감동시키며 여전히 되풀이되는 일과 느낌이 곧 신화 아니겠는가.

탁록대전처럼 신들의 전쟁인지 인간들의 전쟁인지 분간할 수 없는 전쟁 중의 하나가 서양의 트로이 전쟁이다. 시인 호머는 기원전 8세기에 전해져 내려온 그 전쟁을 다룬 서사시 『일리어드』를 썼는데 이는 오늘까지 널리 읽히고 있다.

메소포타미아 문명이 시작된 고대 수메르 도시국가 우르크의 전설적인 왕을 다룬 서사시『길가메시』도 그렇다. 신적인 능력으로 삼림을 베어 도시국가를 건설했지만 죽어야 할 운명을 가진 인간 길가메시. 그런 왕이 신들과 죽음에 맞서 싸우는 이야기도 5천 년 전부터 입으로, 혹은 점토판에 문자로 기록되어 전해지며 오늘날까지 읽히고 있다.

미국 심리학자인 줄리언 제인즈는 자신의 역저인『양원적 마음의 붕괴』에서 좌뇌와 우뇌의 양원적 마음으로 트로이 전쟁 이야기를 설명한다. 좌뇌는 이성과 합리성을 따르기에 역사적이고, 우뇌는 신비와 환상을 따르기에 신화적이라는 것이다. 그러한 양원적 마음의 균형이 깨지면서 신화와 역사가 구분되기 시작했다는 것이다.

21세기를 영성 회복의 시기로 만들려는 영향력 있는 심리 사상가 켄 윌버는 양원적 마음의 시기가 인류가 농경 생활을 시작한 기원전 9천 년경에 시작되었다고 보고 있다. 그러다 기원전 2천 년경부터 균형이 깨져 차츰 이성의 좌뇌가 우세해지기 시작해 환난과 고통을 부르고 있다는 것이다.

공자는 『논어論語』에서 "불어괴력난신不語怪力亂神"이라 했다. 괴상한 일이나 인간을 능가하는 힘, 마음의 이치를 어지럽히는 것, 그리고 귀신 등에 대해서 말하지 말라는 것이다. 미신적이고 환상적 요소를 추방한 것이다. 그래 춘추전국시대 이후 중국 문헌에서는 신화적 요소가 많이 배제되고 쓰이지 않아 왔다.

그러나 오늘날에는 다시 우뇌의 감성과 영성이 회복되어 양원적 마음이 복원되고 중요시되고 있다는 게 제인즈와 윌버의 주장이다. 그래 현대에 오면서 환상과 가상이 이끄는 판타지 이야기들이 대중의 주목을 끌고 있지 않은가. 그리고 오늘날 사이버 공간에선 괴력난신들이 제 세상을 만난 듯 판치고 있지 않은가.

이제 세계는 이렇게 디지털 유목 시대로 접어든 것이다. 우리의 뇌도 좌뇌의 합리적 이성의 감옥에서 벗어나 감성과 영성도 중시되는 양원적 마음을 회복하고 있다.

이러한 때 최초 문명사의 대격돌 시각에서 탁록대전

을 바라보며 앞으로 펼쳐질 세계의 윤리, 도와 덕을 찾아

보자는 것이다. 그런 도덕을 세계 만방에 세우기 위해 치

우천황이 펼친 전쟁이 탁록대전이기에.

4. 치우천황은 누구인가

한국에서는 군신軍神, 전쟁의 신으로 섬기고 대륙에서는 병조兵祖, 병장기의 조상으로 여기는 치우는 누구인가. 우리는 다스리는 자(治尤)라 하고 중국에서는 어리석은 자(蚩尤)라 쓰는 치우는 어떤 사람인가? 중국 대륙의 많은 묘지에서 '치우'가 새겨진 표지석도 발굴되었고, 우리에겐 널리 알려진 판소리 '춘향전'에서도 치우라는 이름이 불린다. 이 치우는 실존 인물인가, 신화와 전설 속 인물인가? 개인인가, 복수인가?

우리가 한때 서기西紀와 함께 쓰다 세계화의 편의를 위해 이제 공식적으로는 쓰지 않는 단기檀紀로 2023년은

4356년이다. 단군왕검이 고조선을 건국한 연도가 4356년 전인 서기전 2333년이란 말이다. 그러나 우리 역사학계는 그때의 옛 조선의 실체를 제대로 규명하지 못하고 대부분이 단군 이야기를 신화로 치부하고 있는 게 오늘의 실정이다.

황제와 함께 탁록대전을 벌여 동북아 상고사의 흐름을 확연히 획정한 치우는 단군왕검보다 몇백 년 앞선 시대의 이름이다. 탁록대전이 중원 대륙에서 벌어지고 난 후 우리 민족을 비롯한 소위 동이東夷족은 치우를 조상으로 여겼다. 특히 동이족에서 갈라져 나온 묘苗족은 오늘날에도 치우 축제 등을 펼치며 일상에서 민족의 뿌리로 받들고 있다.

중국민의 원류 화하華夏족, 지금 중국의 한漢족은 황제 헌원을 조상으로 여겨오다 자신들이 세상과 민족의 중심이라는 중화中華 사상에 근거하여 치우까지 조상으로 받들고 있는 실정이다. 한족이라는 민족 이름을 낳은 한나라 시조 유방도 초나라 항우와의 마지막 결전에 앞서 치우에게 빌었다는 기록도 있다. 이렇게 되면 우리 민족의 뿌리는 없어지고 우리도 중원 대륙 변방의 한 족속이 되어버리는 것이다.

"몇 대代 지나 자오지환웅慈烏支桓熊이 나왔다. 귀신같이 용맹하였으며 구리 머리에 쇠 이마(銅頭鐵額)로 큰 안개를 일으키고 천하를 다스렸다. 광석을 캐 철을 주조하고 병기를 만들어 천하가 모두 두려워했다. 세상에서는 그를 치우천황이라 불렀으니 치우란 항간의 말로 우레와 비를 크게 일으켜 산과 강을 고치고 바꾼다는 뜻이다."

『환단고기』「삼성기」한 대목이다. 치우가 '자오지환웅'이란 말이다. '환웅'은『삼국유사』에 보이는 이름이다. 천제天帝 환인으로부터 명을 받고 아래 세상에 내려와 웅녀와 혼인하여 단군을 낳아 옛 조선을 건국하게 한 사람이 환웅이다.

환웅 앞에 붙은 '자오지'에서 '자오'가 까마귀를 뜻하고, '지'가 으뜸, 대장을 뜻하니 '자오지'는 까마귀 왕을 말한다. 즉 자오는 태양 속에 산다는 삼족오三足烏를 숭상하는 족속의 우두머리이니 다스릴 치治 자의 치우라 한 것이다.

그러니 자오지환웅은 단군왕검 이전 시대 우리 민족

의 왕이다. 그러므로 치우는 '환웅'이란 말처럼 개인이면서도 단군 이전 시대 우리 민족 지도자의 통칭으로 봐야할 것이다. 좀 더 광범하게는 동이족 족속의 통칭으로도 볼 수 있다.

'우레와 비를 크게 불러 산과 강을 고치고 바꿨다'는 것은 산과 강을 바꿔 도시국가를 건설해 메소포타미아 문명을 일으킨 길가메시왕의 행적과도 같다. 치우가 배달국의 신시를 크게 개척해 일궜다는 뜻으로 읽을 수 있다.

사마천은 『사기』에서 "치우는 옛날의 천자(蚩尤古天子)"라고 분명히 밝혀놓았다. 하늘을 아버지로 믿는 우리 천손天孫족의 왕이란 말이다.

김부식의 『삼국사기』는 고조선과 부여로 이어지는 고구려를 세운 고주몽도 동부여를 탈출할 때 위기에 처하자 자신의 신분을 '천제天帝의 아들'이라 밝혀 하늘의 도움을 받는 것으로 전하고 있다. 따라서 치우는 배달국 신시에서 단군조선, 그리고 고구려로 이어지는 천손족인 우리 민족의 옛 왕이었던 것이다.

사마천은 또 "치우에게는 81명의 형제가 있는데 성

격이 매우 포악하고 돌과 모래를 씹어 먹는다"라고 기록하고 있다. 81명의 형제는 치우와 군신君臣이나 부자父子의 수직관계가 아니라 형제의 수평관계로 연맹한 동이족 부족으로 볼 수 있다.

돌과 모래를 씹어 먹는 것은 고대 야금술冶金術에 필요한 소재들로 볼 수 있다. 일찍이 야금술이 발달해 철제 무기로 무장한 치우를 따르는 동이족 81개 족속이 탁록에서 자신의 조상인 황제와 결전을 벌였으니 사마천은 치우 족속을 그렇게 비하했을 것이다.

『사기』를 비롯한 중국 사서들이 치우를 '蚩尤'라 해, 어리석은 자나 짐승이나 벌레로 취급했지만 이름 끝자인 '우' 자만큼은 어쩌지 못했다. '우'는 치산치수治山治水를 하는 높은 직책으로 요임금의 뒤를 이어 태평성대를 이룬 순임금도 치산치수를 잘했기에 '순요'로 불렸다.

치우는 중국 옛 사서에 '구려九黎'족의 수장으로 일반적으로 기록되어 있다. 한자로 옮기기 전 우리말로 '구려'는 '구리'와 비슷하다. 구리는 고구려의 순우리말이다.

여기서 '고려'도 나오고 서양에서 처음으로 우리나라

를 부른 'coree'란 발음도 나온 것이다. 한강이 내려다보이는 아차산 기슭에 건너편 백제와 대치하고 있던 고구려 전초 기지 등의 유적이 많이 남아 있는 경기도 구리시가 시 이름을 그리 정한 것도 같은 이유에서다.

이렇게 치우가 오늘날 우리 도시명으로 살아있듯 동양 천문학에서는 하늘의 별이 되어 수시로 나타나고 있다. 중국 진晉나라시대의 『천문지天文誌』에는 "치우기는 혜성과 비슷하고 뒤가 꼬부라져 있어 깃발과도 같다"라는 기록이 있다. 치우가 승천하여 혜성이 됐다고 믿는 것이다.

혜성은 빗자루 별, 즉 소성掃星이라 불리기도 하며 더러운 것, 어지러운 것을 청소하는 별로 여겨져 오고 있다. 치우는 혼란한 세상을 깨끗하게 하는 혜성이 되어 언제든 떠오르는 것이다. 이처럼 치우는 죽어서도 동아시아 전역에 많은 족적을 남기며 오늘의 삶과 사회에도 강하게 작용하고 있다.

지금은 고층 아파트가 즐비하게 들어선 한강의 섬, '뚝섬'이란 명칭도 치우에게서 비롯됐다. 조선 태조 때 동두철액 형상의 큰 깃발인 둑기가 한강물에 떠내려오자 태조는 그곳에 그 깃발을 모시는 사당인 둑신사를 짓게 하고 매년 제사를 올리게 했다는 기록이 『태조실록』에 전한다.

그런 둑과 사당이 있어 그 섬의 명칭을 '둑도'라 하고 뚝섬으로 부른 것이다. 그러나 그런 둑기와 둑신사는 1925년 을축년 대홍수 때 큰물에 휩쓸려가고 없다. 그럼에도 둑기의 모습은 정조대왕이 화성에 다녀오는 광경을 그린 '시흥환어행렬도'에 고스란히 담겨 있다.

둑기는 군권의 상징으로 치우의 형상을 하고 있다. 치우의 투구 모습을 한 삼지창 아래에 붉은 수술 털을 내려뜨린 둑기는 중심에서 행렬을 이끌고 보호받는다. 이순신 장군은 그런 치우를 참배하고 둑기를 앞세우고 용맹스럽게 연전연승한 것이다. 그리고 오늘날 붉은 악마가 축구 국가대표팀의 연전연승을 치우의 형상으로 응원하고 있는 것이다.

치우는 우리 민족 최초의 국가인 고조선이 성립되기 이전에 부족연맹체를 하늘의 이름으로 이끌었던 천왕이다. 중국의 사서에는 '치우' 아래 '씨氏' 자를 붙이기도 하기에 치우는 부족 전체를 가리키기도 한다.

치우는 우리 민족은 물론 동아시아 전체에서 동두철액의 철기로 무장한 전쟁신으로 떠받들여지고 있다. 또 우리 민족종교나 재야 사학자들은 고조선 이전 배달국의 천왕인 환웅으로 보고 있고 중국에서는 최근 들어 황제 헌원과 함께 조상으로 떠받들고 있다.

황하문명 발생 이전 동아시아 전역에 족적과 유산을 오늘날에도 남기고 전쟁신이나 조상신으로 모시고 있는 치우는 누구인가? 민족이나 나라 등의 틀에 갇힌 편협한 국수주의를 단번에 뛰어넘는 치우는 어디서부터 온 어느 족속 누구였던 것인가?

5. 홍산문명의 주인공인 치우와
중화문명탐원공정

1983년 중국 요녕성 능원시 일원 넓은 지역에서 우하량 유적지가 드러나며 우리는 물론 중국과 세계를 놀라게 하고 있다. 돌을 층층이 쌓은 거대한 제단이 드러났다. 흙을 구워 만든 얼굴에 옥으로 눈을 해박은 여신상이 있는 신궁도 드러났다. 그곳에 묻힌 곰의 턱뼈가 수수 천년만에 햇빛을 보며 단군신화는 역사로 들어갈 구실을 찾기 시작했다.

황제黃帝의 자손이라 믿는 중국의 한족들은 그 유적지가 황제의 조상인 유웅씨有熊氏의 터 웅산熊山이라 믿으려 한다. 여신상은 복희와 부부가 된 여와 일 거라 생각하며.

　그러나 우리 민족은 하늘에 기도 올리던 제단과 여신상과 곰의 턱뼈에서 환웅과 웅녀를 떠올리고 있다. 대륙의 중원에서는 찾아볼 수 없지만 요하와 난릉 등 만주 지역에 즐비하게 서 있고 지금 우리의 도성인 서울 송파에서도 볼 수 있는 적석총이 우하량에서 드러난 것이다.

　중국의 사서들에서는 우리 조상이 예맥穢貊족이라고 기록되어 있다. 우리가 지금도 헤아릴 수 없는 아주 오래전 이야기를 할 때 '옛날 옛적'이라고 시작하는 말이 바로 그 예와 맥에서 나온 말이다. 예穢는 시간과 절기를 잘 알아 농경을 하는 족속이고, 맥貊은 크고 센 활로 범을 잡아 꼬리를 머리에 매고 다니는 족속이란 뜻이다.

　중국의 옛 책들은 우리가 대륙 동북부에 널리 퍼져 살다 그들과의 싸움에 밀리며 차츰 산동반도와 발해만과 만주를 거쳐 한반도로 들어왔다고 한다. 그리하여 예맥족이 세운 나라가 부여, 고구려, 예, 옥저 등이라고 한다.

　중국의 옛 책들이 조각조각 전하고 있는 이야기에 근거해 우리는 부여의 영고迎鼓, 고구려의 동맹東盟, 동예의 무천舞天 등 제천祭天 행사를 역사로 받아들이고 있다. 며칠 밤낮을 가리지 않고 무리가 어우러져 땅을 구르고 하늘로 치솟으며 가락과 율동을 맞춰 춤추며 한 해의 수확을 하늘과 땅에 감사드렸다.

이때 제가諸加회의를 열어 만장일치로 나라의 중대사를 결정했다. 나라 곳곳에 신성한 지역, 소도를 두고 어느 누구도 함부로 침범하지 못하게 했다. 홍수나 폭풍이나 우박 등 자연재해나 왕이 늙고 병들어 나라가 피폐해지면 왕은 물러나 깊은 산속으로 들어가 우주 만물과 한몸으로 어우러져 산신령이 됐다.

몸집이 작아 기동력이 뛰어난 말, 맥궁이라는 강력한 활로 무장한 날랜 기병, 힘이 세고 창칼을 잘 다루는 보병 등도 갖췄다. 이렇게 하늘의 도에 따르는 고도의 정신세계와 함께 강력한 무력을 겸비한 예맥을 중국의 옛 책들은 '군자국君子國'이라 일컬으며 부러워하기도 하고 큰 활로 무장한 아홉 나라 오랑캐, '구이九夷'라 부르며 두려워하기도 했다고 전한다.

이런 정도의 우리네 상고사는 역사로 편입돼 각급 학

교에서도 배우고 연구해 우리 일반도 익히 알고 있다. 그런 우리는 우하량 유적지 발굴을 보며 단군 이야기가 신화가 아니라 역사임을 직감한 것이다.

세계 4대 문명 발원지의 하나인 황하문명보다 훨씬 전에 일어난 우하량 유적지 등 홍산문명은 1935년 일본인 학자들의 주도로 홍산紅山에 대한 대규모 조사가 진행되며 드러나기 시작했다. 중국에 공산당 정권이 들어서며 옛 동이족 영역 각지에서 발굴 성과가 잇달아 나오며 '홍산문화'라고 명명된 것이다.

그 후 여신상과 여신묘가 출토되면서 중국은 그것을 국가1급문물로 지정해 소중히 보관하고 있다. 중국이 자부심을 갖고 세계 만방에 자랑해온 황하문명보다 앞선 홍산문명의 유적이 동이족 영역에서 발굴되자 중국은 동이족의 왕이었던 치우를 부랴부랴 조상으로 모시게 된 것이다.

중국은 2002년 '중화문명탐원공정中華文明探源工程'을 시작하였다. 통일적 다민족 국가론에 근거해 한족과 소수민족 및 주변 국가 민족의 시원을 연구하자는 것이

목표다.

공정의 명칭에 잘 드러나듯 중화 문명의 시원을 찾는 공정으로 신화를 모두 역사로 만듦으로써 중국의 역사적 실체를 1만 년 전으로 끌어올리려는 의도다. 황하문명보다 앞선 홍산문명을 중화문명으로 끌어들여 나일강문명보다 앞선 세계에서 가장 오래된 문명이 중국에서 시작됐다는 것을 홍보하고 중국의 자존심을 드높이기 위해서다.

학계에서는 이런 중화문명탐원공정을 중국의 시간적 영토를 확장하려는 것으로 평가하고 있다. 그리고 함께 추진된 동북공정, 서남공정, 서북공정은 공간적 영토를 넓히려는 작업으로 보고 있다.

동북공정은 중국의 동북 3성(흑룡강성, 길림성, 요녕성), 즉 지금도 조선족이 많이 사는 만주 지역의 역사와 현재, 그리고 미래를 연구·기획하는 중국의 국가 프로젝트다. 옛 동이의 영역이었기에 고조선, 부여, 발해, 고구려의 역사와 함께 백제와 신라 또한 연구하며 중국사에 편입시켜가고 있어 우리는 물론 중국 내에서도 논란을 빚고 있는 작업이 동북공정이다.

홍산문명의 여신상과 여신묘는 대략 6천5백 년 전에 세워진 것으로 보는데 이를 만든 주인공은 누구인가? 중국에서는 이 우하량 지역을 웅산熊山이라 여기고 유웅씨有熊氏와 그 후예인 황제 헌원의 세거지로 보고 있다. 여신묘는 복희씨의 아내였던 여와로 보고 있다.

그러나 여와는 복희와 함께 서로 꼬인 한 쌍의 뱀으로 상징화되었지 곰의 형상은 어디서도 찾을 수 없다. 여신묘에는 뱀 대신 곰의 턱뼈가 부장되어 있어 단군신화의 환웅과 웅녀를 떠올릴 수밖에 없는 것이다.

홍산문명에서 발견된 유물과 유적 대부분은 중국 것과는 다르고 우리나라에서 출토되는 유물과는 같다. 특히 옥을 갈아 만든 비파형 옥검은 한반도에서 출토되는 비파형 동검과 형태가 똑같아 우리 선조들의 유물임을 분명히 하고 있다.

유적의 규모와 유물들의 수준으로 미루어볼 때 국가 규모의 체계를 이루고 문명 단계에 이르렀다고 볼 수 있을 것이다. 유물과 유적이 속했던 연대에 이 지역에 있었던 국가 규모의 집단은 고조선과 그 이전 치우천황이 강역을 넓히며 용맹을 떨쳤던 배달국뿐이다.

중국 측은 황하문명이 낳은 하夏나라, 상商나라, 주周나라의 역사와 문명보다 훨씬 앞섰으나 그 문명과는 확실히 다른 홍산문명을 자기네 조상이 일으킨 문명의 문화적 유산으로 보고 있다. 그 문명이 차츰 한반도에 전해지며 확산한 것으로 치밀하게 논리적으로 조작하려는 게 중화문명탐원공정이요, 동북공정이다.

사마천은 『사기』에서 황하 중류를 차지하고 있던 한족의 황제 세력이 탁록에서 치우와 결전을 벌였다고 전한다. 치우 세력은 그 건너편 대능하, 난하 유역을 차지하고 있었던 것인데 이곳은 우리 민족의 한 갈래인 맥족의 근거지였다. 그렇다면 우리 민족의 조상인 치우씨, 치우족은 언제, 어디서 이곳으로 와서 홍산문명을 이루고 동아시아 상고시대를 열어나갔는가?

6.마고성에서 해 뜨는 곳을 향한 민족의 대이동

하늘과 땅이 나뉜 이래 하늘은 변함이 없는데 땅은 얼고 녹기를 반복한다. 얼었다 녹는 그 사이를 간빙기間氷期라 한다. 그래 지금은 수수만년 바다를 대륙같이 뒤덮은 빙하와 하늘을 떠받치고 있는 높은 산들의 만년설이 녹아내리며 땅이 물에 잠기고 바닷물이 차 들어와 섬과 대륙 저지대가 잠기고 있다.

옛날 옛적에 우리가 살던 땅도 추위가 풀리며 눈 얼음 녹고 비 퍼부어 큰물에 잠긴 적이 있었다. 그때 그 큰 물난리를 입에서 입으로 전하며 우리는 홍수신화를 만들어냈다. 하늘의 뜻에 따르지 않는 사람들을 징벌하려고 신이

이 땅을 오랜 날 물에 잠기게 했다고.

1만여 년 전 간빙기에 바이칼호의 남쪽 빙하가 녹자 거기에 살던 시베리아족이 순차적으로 내려오기 시작했다. 먼저 남쪽에 살던 시베리아족이 내려오고 뒤에 북쪽과 서쪽에 있던 시베리아족이 몽고고원, 요하, 한반도로 내려왔다. 이 시베리아족들은 샤머니즘과 함께 서낭당, 선돌, 옷, 알타이 조어祖語 등에서 문화공동체를 이루고 있었다는 게 일반적 학설이다.

하늘을 떠받드는 하늘산 하늘호숫가 고원 마고성이 큰물과 인구로 차고 넘치자 차례차례 다른 무리들을 내려보내고 우리 천손족들은 맨 마지막에 내려보냈다. 우리 재야의 상고사 학자나 민족종교는 하늘의 도리에 따라 인간뿐 아니라 우주 만물을 널리 이롭게 한 마고성의 태평성대를 아래 세상에서도 이루겠다고 맹세하며 내려왔다고 전하고 있다.

홍산문명, 요하문명의 발상지인 대릉하, 요하 지역에는 누가 살고 있었고 문명을 일으킨 주역은 누구인가? 그들은 어디에서 와서 그곳에 살다 지금은 어디에서 살고 있는가?

빙하기에는 중국 대륙의 산동반도와 한반도의 서해
안, 그리고 일본열도가 붙어 있었다. 그러다 얼음이 녹기
시작해 바닷물이 차오르며 오늘날 형태가 된 것이다. 때
문에 바이칼호수, 천산에서 내려온 족속들이 시베리아를
거쳐 요하 지역으로 와 한반도와 일본으로 자연스레 흘러
들어갈 수 있었다.

1만 년 전 천산에서 내려온 족속들은 앞 시대의 구석기
인과는 다른 신석기인이었다. 세계에서 가장 우수한 신
석기들이 수없이 널려 있는 한반도에 신석기인들이 들어
와 살기 시작한 시기는 기원전 5천 년 무렵이다.

신석기인들은 해변이나 내륙의 강가에 움막집을 짓
고 물고기나 짐승을 잡아먹고 살았다는 것을 그들이 남
긴 유적을 통해 알 수 있다. 두만강, 압록강은 물론 한반
도 전역에서 발굴되는 빗살무늬 토기는 요하 지역에서도
발굴된다.

샤머니즘 등의 문화나 언어로 볼 때 우리 민족은 바이
칼호 주변에 살던 고아시아족의 한 갈래라는 설이 유력

하다. 고아시아족은 시베리아 지역에서 신석기문화를 남긴 주인공들이었다. 이들은 주로 강변이나 해변에 살면서 빗살무늬 토기를 사용하고 어로·수렵·채집 생활로 삶을 꾸려나갔다.

중국 옛 문헌에서 우리 민족을 예맥濊貊으로 부른 게 자주 보인다. 예맥 족속은 중원 동쪽의 외곽인 산동반도와 요하 유역에 널리 퍼져 살았다. 소위 동이족의 한 갈래다. 동이족은 퉁구스족에서 분화해 산동반도와 중국 동해안 일대, 만주, 발해만, 한반도 전역에 두루 흩어져 동이문화권을 이룬다.

산동성에서 발굴된 무씨사당벽화가 단군신화와 비슷한 내용의 그림이라는 것은 이미 널리 알려졌을 정도로 그곳은 우리 민족의 옛 무대였던 것이다. 한 무제가 흉노를 토벌하고 실크로드를 개척하며 동북쪽으로는 한사군을 설치하는 등 크게 영토를 확장하면서 우리 민족의 무대는 차츰 만주와 한반도로 좁혀들었다는 게 정설이다.

그렇다면 홍산문명의 주인공 치우 씨는 어떻게 일어났고 어떻게 생활했는가? 50명 단위의 씨족에서 1천에서

3천 명 단위의 부족까지는 혈연으로 결합된 평등 사회였다. 부족들이 연맹으로 맺어진 부족국가부터는 계급 간의 갈등이 일어나기 시작해 결국은 중앙집권적 국가가 나오게 된다.

부족 단위까지는 서로 남거나 필요한 물건 등을 신의로 교환하는 호혜시장이었다. 그러다 부족들이 연맹한 부족국가부터 재분배가 진행되고 국가에서는 나라 간의 교역관계가 형성됐다는 게 정설이다.

씨족 사회는 공동 생산, 공동 분배의 평등사회였고 족외혼族外婚이었으며 가장이 씨족장이 됐다. 씨족끼리의 물물 교환도 이루어졌고 그런 씨족들이 부족으로 운영되었는데 그 공동 운영권이 씨족에서 부족 중심으로 넘어간 것이 부족국가다.

그런 국가 형성과 발전 단계의 이론 일반에서 볼 때 배달국은 동이족 부족 연맹체다. 배달국를 이끈 치우는 부족장, 치프덤이다. 그리고 그를 이은 고조선은 국가이고 단군왕검은 왕, 즉 킹덤인 것이다.

치우족들은 시베리아 툰드라 지역에 살면서부터 보아

온 곰과 호랑이 토템 신앙, 우주 만물에 영혼이 있다는 애니미즘의 정령신앙을 가졌다. 시체의 머리를 동쪽을 향해 매장해 해처럼 소생을 바라는 해의 자손, 천손이다. 하늘과 땅, 삶과 죽음을 잇는 능력을 지닌 무당이 제사장이자 정치적 지도자인 제정 일치 사회였다.

청동기는 토기를 굽는 과정에서 발견됐다. 치우족은 고온에서 구리 광석이 녹은 것을 보고 그 광석을 합금으로 점점 강하게 해 청동기를 만들고 후에 철광석을 캐 철제 무기까지 만든 것이다. 그렇게 치우족들은 중국 대륙의 화하족보다 먼저 청동기시대, 철기시대로 접어든 것이다.

석기시대에는 전쟁에 져도 약탈만 당할 뿐 종속관계는 없었다. 그러나 가공할 살상력과 전투력을 지닌 청동기시대에는 종속될 수밖에 없었다. 패권자들은 하늘의 자손임을 내세우며 자신들의 지배가 모두에게 이익이 된다는 홍익사상을 내세웠을 것이다.

요하에서 출토되고 있는 비파형 동검은 측정 결과 탁록대전 너머까지 거슬러 올라간다. 배가 불룩한 비파형 동검은 밋밋한 중국식 동검보다 견고성과 살상력이 뛰어났다. 비파형 동검 출토 지역은 예맥족 거주지와 일치하고 있어 중국의 옛 사서들은 '동두철액'을 예맥족의 수장 치우의 상징처럼 전하고 있는 것이다.

중국 중원 황하 유역과 엄연히 다른 산동성 일대에서 잇달아 발굴되고 있는 비파형 동검으로 보아 치우족들은 이미 5천여 년 전부터 작은 나라, 도시국가들을 세웠을 것이라 보는 학자도 많다. 그때의 작은 나라들은 세습적 군장에 의해 통치된 것이 아니라 추천된 장수, 거수, 대인 등에 의해 통치되었다.

『삼국유사』에서 김수로왕을 가락국의 왕으로 세운 아홉 부족 우두머리가 아도간我刀干 여도간汝刀干 등으로 기록될 정도로 너도 나도 왕이 될 수 있었다. 부여에서 볼 수 있는 것처럼 중앙의 6가들이 동시에 읍락邑落의 지배자이기도 했다. 예맥처럼 군장도 없이, 백관과 궁궐도 없이 후侯, 읍군邑君 등의 벼슬이 중국의 옛 사서에서 많이 보이고 있다.

이 소국들은 산과 계곡, 하천을 끼고 형성된, 씨족적 읍

락들의 결합체였다. 필요에 따라 연맹 범위를 확대해 외세에 대처해나갔다. 경제적으로나 군사적으로 평등한 이런 사회를 우린 흔히 부족국가로 본다.

우리 민족은 형질학상 조금의 차이를 보이는 북방계와 남방계 두 유형으로 이루어져 있다. 우리 민족 역사가 북방계의 예맥족과 남방계의 한韓족이 하나로 어우러지면서 시작된 것으로 보는 게 학계의 일반적 시각이다.

그러나 우리 민족의 단일성은 그런 형질학적·생물학적 관점에서가 아니라 역사적 관점에서 성립된 것임은 물론이다. 민족이란 개념은 형질에 의해 저절로 생겨난 것은 아니다. 스스로 같은 집단이라 생각하고 문화의 정체성을 가진 독립된 통일국가를 건설하여 함께 살아야 한다는 목적의식을 가진 인간 공동체가 민족 아니던가.

우리 민족은 1만여 년 전 바이칼호수와 높디높은 천산의 눈과 얼음이 녹아내려 황폐화되자 널리 세상을 이롭게 한다는 홍익인간의 이념을 갖고 시작하였다. 도道와 덕德이 물처럼, 바람처럼 흐르는 세상을 만들려 이 땅에 내려온 우리 민족 조상의 대표가 치우천황이다.

7. 신시를 열고 단군을 낳아 조선을 세우게 한 치우천황

　"옛날 옛적 환인의 아들 환웅이 날마다 아래 세상을 내려다보면서 인간 세상을 다스리기를 원하였다. 아버지는 그런 아들의 뜻을 알고서 삼위태백이 인간을 널리 이롭게 하기에 적합하다며 환웅에게 천부인天符印 세 개를 주어 내려가 다스리게 했다. 이에 환웅은 풍백風伯, 우사雨師, 운사雲師를 비롯해 3천 명의 무리를 이끌고 태백산 정상 신단수 아래로 내려와 그곳에 신시神市를 세웠다.

　환웅은 곡식, 생명, 질병, 형벌, 선악 등 360여 가지 일을 맡아 세상을 다스렸다. 그때 곰과 호랑이가 환웅에게 인간이 되게 해 달라고 간청했다. 환웅은 쑥 한 자루와 마늘 20쪽을 주면서 그것을 먹고 100일간 햇빛을 보지 않으면 사람이 될 수 있다고 하였다. 곰은 시키는 대로 해서 삼칠일 만에 여자로 변하였으나, 호랑이는 참지 못하고 뛰쳐나가 버렸다.

　곰 여인(熊女)은 혼인할 상대가 없자 신단수 아래에서 아이 갖기를 기원했다. 환웅은 인간으로 변해 웅녀와 혼인했다. 그 후 웅녀가 아들을 낳았는데, 그가 바로 단군왕검이다."

　이는 우리 민족이면 누구든 아는,『삼국유사』에 나오는 단군신화의 대강이다. 고려시대의 승려인 일연스님이 중국의 옛 사서인『위지魏志』와 지금은 멸실된 우리의 옛 기록을 인용·참조하며 전해준 이야기다.

　하늘나라에서 온 환웅이 인간으로 변하고 또 곰이 인간으로 변하는 것으로 볼 때 역사라기보다 신화적으로 쓴 이야기다. 그래 지금의 우리도 그냥 '단군신화'라며 신화나 옛날 이야기로 취급하고 있다.

　그러나 무리 3천 명과 함께 태백산 신단수 아래에 내려와 신시를 열었다거나 360여 가지나 되는 인간사를 주관하며 다스렸다는 내용은 신화로 치부하기엔 너무 구체적이고 사실적이다. 고구려, 백제, 신라의 역사와 이야기를 전하는『삼국유사』첫머리에 삼국이 모두 연원을 대고 있는 옛 조선에 앞선 신시의 내력이니 어찌 신령스러운 신화적 요소가 가미되지 않았겠는가.

무리 3천과 함께 내려왔으면 꽤 큰 규모의 이주 집단이다. 그리고 우두머리인 환웅은 하늘나라 환인의 '서자庶子'임을『삼국유사』는 분명히 밝혀놓았다. 굳이 밝히지 않았으면 더 신령스러웠을 것을 왜일까. 사실이기 때문일 것이다.

바이칼호 주변의 하늘나라가 하늘의 도로써 선정을 베풀어 태평성대에 인구는 불어나는데 간빙기의 물난리로 터전은 날로 척박해가서 서자 왕자로 하여금 딴 세계로 이주해 개척하게 한 것이다.『환단고기』는 그 개척단의 수장이 환웅이고 치우천황이 뒤를 이어 자오지환웅이 된 것으로 전한다.

여신상과 여신묘가 발굴된 홍산문명의 중심지 우하량

을 신시로 보는 학자들도 있다. 그들은 신시를 도성으로 하여 요하 유역과 산동반도, 만주 일대에 펼쳐진 나라를 배달국으로 보고 있다. 우리 민족을 흔히 '배달 민족'이라 하는 말도 여기서 유래된 것이다. '배달'은 '밝다'에서 나온 말로 동쪽에 있어 아침이 밝은 나라라는 '조선朝鮮'으로 이어진 것이다.

하늘나라에서 홍익인간弘益人間, 제세이화濟世理化 정신과 선진문물을 가지고 내려온 천손족 환웅 무리는 곰이나 호랑이 등을 토템으로 섬기는 토착 부족들을 아우르고 교화하며 부족연맹체인 배달국을 열고 넓혀 나갔다. 환웅이 나서 토착민인 웅녀와 결혼했듯이 천손족과 토착민은 피를 섞어가며 민족을 이뤄 나갔는데 학자들은 중국 옛 사서에 나오는 동이족의 한 갈래 예맥족이 배달국의 주류로 보고 있다.

배달국에 대한 정사正史적 기록은 우리에게 남아 있지 않다. 단군의 조선도 부정하며 신화로 여기는 사학계의 연구도 미미한데 어찌 단군에 앞선 배달국 역사와 연구가 있겠는가. 구이와 예맥에 대한 중국 옛 책들의 단편

적인 기록들로 배달국 사회의 면면을 들여다볼 수밖에 없다.

구이족에는 아홉 개의 우물이 모두 연결되어 있어 그 중 하나의 우물만 길어 올려도 나머지 여덟 우물이 모두 출렁거렸다는 기록이 있다. 동이 9족, 즉 구이 중에서 어느 한 곳이 공격당하면 나머지가 동시에 일어나 징벌했다는 뜻일 게다. 이처럼 배달국 부족연맹체는 군사적으로나 경제적으로 한 우물같이 평등하게 연결되어 있었다.

맹자는 각 제후국 사이의 전쟁이 끊이지 않아 더 많은 세금을 거둬들이며 백성들의 삶이 피폐해진 춘추전국시대에 정전법井田法을 내세웠다. 토지를 우물 정井 자로 9등분해 주위의 여덟 필지는 여덟 가구가 한 필지씩 경작해 갖고 가운데 한 필지는 공동으로 경작하여 세금으로 내자는 것이다.

그러면 공평하게 세금도 걷히고 백성들은 자신의 땅에서 부지런히 경작한 곡식을 자신이 가지게 되어 항산성恒産成으로 항심恒心이 생긴다는 것이다. 맹자는 이런 정전법을 예맥의 제도라고 했다.

공자는 예맥을 '군자국'이라 부르며 공경하고 사모했다. 그렇듯 맹자도 예맥의 제도인 정전법을 본받을 것을 주장할 정도로 배달국은 360여 가지의 인간사를 고루 잘 돌봐 태평성대를 이뤄나간 것이다.

배달국과 고조선에 이어 예, 옥저, 부여, 고구려 등이 예맥족이 세운 나라들이다. 중국 고서들에 편편이 기록되어 있고 우리도 학교에서 배워 익히 알고 있는 예맥의 삶과 문화는 오늘 우리 민족의 기질에도 그대로 드러나고 있다.

부여에서는 초기에 제정祭政이 분리되지 않아 큰 자연재해가 일어나면 왕이 물러나거나 죽임을 당했다. 후에는 제정이 분리되어 제사를 주관하는 천군天君을 별도로 두고부터 그런 책임을 면할 수 있었다. 촌락마다 함부로 침범할 수 없는 소도라는 지역을 따로 두었다.

형이 죽으면 동생이 형수를 취하는 형사취수혼兄死取嫂婚 제도가 있었다. 이는 고구려의 데릴사위제나 옥저의 민며느리제와 같이 친족집단의 경제와 공동체적 성격을 지키기 위한 제도다.

옥저 백성들은 성격이 질박하고 정직하며 굳세고 용감하다. 창을 잘 다루며 보병전을 잘한다. 예의 백성들은 9미터나 되는 긴 창을 만들어 여러 사람이 함께 잡고 쓰며 보병전에 능하다.

고구려 사람들은 늘 뛰어다녔다. 말들은 몸뚱이가 작아 산에 오르기 편하고 사람들은 힘이 세고 전투에 익숙했다. 맥궁이라는 좋은 활과 기병도 많았다. 노래와 춤을 좋아해 촌락마다 밤이 되면 남녀가 떼지어 춤추었다. 수십 명이 모두 일어나서 뒤를 따라가며 땅을 밟고 온몸을 구부리고 펴고 하면서 손과 발로 서로 장단을 맞췄다.

위와 같은 여러 면의 기록들을 종합해 살피면 예맥 부족들은 늘상 하늘에 감사드리며 살았다는 게 영고, 동맹, 무천 등의 제천 행사에서 드러난다. 제천 행사를 통해 군장도 뽑고 서로 춤과 노래로 어우러지며 혼인 상대도 찾았다. '신명나다'는 말은 그런 삶에서 저절로 나온 것이다.

예에서는 각 부락이 서로의 생활 영역을 중시해 함부로 침범하지 않았으며 이를 어기면 벌로 노비나 소나 말을 물어주었는데 이러한 풍습을 '책화'라고 했다. 대신 부락마다 소도라는 일종의 치외법권의 성격을 지닌 신성한 지역을 획정해 두어 다른 부락민들도 자유롭게 왕래할 수 있게 했다. 고구려에는 큰 창고는 없었고 집집마다 조그만 창고를 두었는데 그 창고를 부경이라 했다는 기록에서 공평하고 평등한 사회였음을 알 수 있다.

이런 예맥 사회에 대한 여러 면의 기록으로 보아 우리는 신시를 국가와 사회, 그리고 개인의 틀은 중시하면서도 인간과 재화가 물처럼 바람처럼 막힘없이 흘렀던 이상 사회로 여기고 있다. 용맹함과 지순한 정신세계로 아래 세상을 하늘 세상과 같이 이상향으로 가꿨던 우리 민족의 선조가 환웅이요, 치우천황이다.

"고대에는 시장 경제의 교환 가치를 인정하면서 평등과 복지를 위한 호혜의 가치를 살리는 상생의 길이 이미 있었다." 김지하 시인은 21세기 들어 혼돈에 빠진 인류 문명의 활로를 신시神市와 마고성에서 찾고자 했다.

8. 태초의 유토피아인
마고성과 환국

우리네 기억을 아득히 거슬러 올라 태초에 이르면 늘 아늑한 세상이 열린다. 마치 엄마의 뱃속이나 품 안 같은 안온한 세상. 세파에 시달리는 오늘도 꿈속에선 때로 그런 세상이 아득히 열리고 있지 않은가. 그런 꿈들이 우리 생명과 문명의 비롯됨을 기억하고 있는 것이다.

높은 산들로 아늑히 둘러싸인 고원에는 온갖 과일과 곡식과 들짐승, 날짐승들이 저절로 자랐다. 산에서 흘러 내려오는 강에는 온갖 물고기들과 키 큰 풀들이 자라 집 짓고 옷 해 입고 먹고 사는 데 부족함이 전혀 없었다.

성경 속 에덴동산이 그렇고 또 우리 천손족들이 고

향으로 여기는 마고성이 그랬다. 산에 들에 피어 훈풍을 타고 날아오는 꽃향기 속에서 살았던 기억이 아직도 우리 꿈속에 오늘인 듯 떠오르고 핏속에 유전되어 내려오고 있다.

그러나 우리의 현실적 삶이 안온한 엄마 품속을 떠나 철들어 이 사회에 들어오면서 시작되듯 역사와 문명은 대자연과 한 몸으로 어우러져 살았던 태초의 그 낙원을 떠나면서 비롯되었다. 낙원을 떠난 우리는 계곡이나 강가를 찾아 가족 단위로 무리를 이루며 살았다. 가족들이 마을을 이루고 마을끼리 모여 부락으로 커가고 나라를 세웠다.

왕은 덕망이 높거나 용감하면 누구나 될 수 있고 큰 재해를 당하거나 전쟁에 지면 언제든 바꿀 수 있는 너도 왕이고 나도 왕인 나라. 그런 나라들이 자신들을 보호한다고 생각하는 호랑이나 곰 등을 조상이나 신처럼 믿으며 결속해 높은 산과 큰 강을 끼고 여기저기 생겨났다.

흙을 빚어 불에 구워 그릇을 만들다 우연히 발견한 구리로 무기를 만들면서 세상은 급격히 변하기 시작했다.

더 강한 무기를 가진 부족이 그렇지 못한 부족을 아우르며 광범한 부족연맹체를 만들어나가며 일군 것이 우리 문명과 역사의 첫 장 아니겠는가.

상고사를 넘어 저 아득한 시대, 창세기를 말하는 신화와 전설, 그리고 옛 책에 편편이 전하는 사실史實들을 종합해볼 때 우리가 합리적으로 그릴 수 있는 인류 역사 초창기가 그렇다는 것이다.

인간의 심층의 깊은 곳을 연구하는 심리학자들이 말하듯 신화는 삶의 토대이고 무시간적 도식이며 경건한 공식이다. 원시 신화를 연구한 조지프 캠벨은 신화가 자신의 특질을 무의식으로부터 꺼낼 때 삶은 그 속으로 흘러들어가게 마련이라고 말한다.

러시아 사회주의 리얼리즘의 대부인 막심 고리키는 신화는 일종의 허구라고 했다. 이미 나타나 있는 현실의 총체에서 그 의미를 뽑아내 신화의 모습으로 꾸며낸 이야기라는 것이다. 그러기에 허구이면서도 신화는 리얼리즘이라는 것이다.

현실의 총체에서 뽑아낸 의미에 우리가 바라는 것, 가

능한 것을 보태 신화는 낭만주의가 된다. 이러한 낭만주의 성향이 신화의 기초이며 이것은 시대와 사회에 매우 유익한 것이다. 고리키는 그것이 현실에 대한 혁명적 태도를 고양시키고 세계를 변화시키려는 태도를 불러일으키는 데 도움을 주기 때문이라고 했으며, 신화의 사회주의 리얼리즘 요소를 찾아내 사회주의 현대소설에 접목했다.

신화는 사실이나 유물 등에 근거한 딱딱한 역사보다 훨씬 더 다채롭고 재미있고 창의적이다. 신화가 환상의 나래를 펴는 곳에 퇴보는 없다. 그것은 언제나 사람들을 문화적 지식과 자유 진보를 향하여 나아갈 수 있도록 이끌어준다.

우리 민족도 창세 신화와 건국 신화를 많이 남기고 있다. 향토의 지역마다 그 곳의 특색에 맞춰 버전을 달리하는 창세신화가 있는데 그중에서 가장 원초적이고 널리 알려진 것은 마고신화다.

우주가 생성되기 이전 캄캄한 혼돈 속에 오로지 음악 소리만 흐르고 있었다. 이 소리, 율려律呂가 우주를 낳고

마고를 낳았다. 지상에서 가장 높은 마고성에 사는 마고
는 선천先天과의 사이에서 두 딸을 낳았다.

두 딸은 황궁 씨, 백소 씨, 청궁 씨, 흑소 씨 남녀 1명씩
8명을 낳았다. 그들이 또 각각 3남 3녀를 낳았는데 이들이
인간의 시조이며 대를 지날수록 자손이 번성했다.

마고성 사람들은 품성이 순수하여 천지조화에 따라
이슬 같은 지유地乳만 먹고 동물이든 식물이든 살아있는
것은 먹지 않았다. 때문에 혈기가 맑았고 수명은 한없이
길었으며 누구나 스스로 준수하는 자재율로 질서를 유지
했다.

태평성대가 이어지던 어느 날 백소 씨 일족인 지소 씨
가 지유 대신 포도를 따 먹었다. 처음 느끼는 하도 맛있
는 맛이라 다른 사람들에게도 알려줘 백성들도 따 먹고
또 다른 생명들도 먹었는데 다섯 가지 맛에 취해 천성을
잃고 수명도 줄어들었다. 차츰 마고성 안에 지유가 끊어
져 모든 사람이 풀과 과일과 또 다른 생명을 해치게 됐다.

사태가 이에 이르자 황궁 씨가 책임을 지고 마고 할머
니 앞에 복본(復本: 근본으로 돌아감)을 서약하고 동서남

북으로 나뉘어 차례로 성을 떠났다. 신라 때 박제상이 썼다는 『부도지符都誌』는 황궁 씨 일파가 북쪽 문으로 나와 현 동북아시아 지역의 천산주天山州로 갔다고 전한다.

『부도지』에 나오는 마고성이 티베트 지역의 카일라스, 불교에서 말하는 수미산이라 보는 학자도 있다. 마고성의 이동과 환고복본還古復本해 마고성의 태평성대를 찾으려는 결심으로 황궁 씨의 후손들이 세운 나라가 환국桓國이다.

『삼국유사』에 치우 환웅의 아버지로 나오는 환인은 하늘나라 환국의 왕, 천제天帝다. '환국'의 '환'은 우리말 '환하다'에서 나온 말이다. 세상도 환하고 만물도 환하고 우리네 본성도 환하니 마음을 환하게 닦아 우주 만물과 환하게 어우러지는 세상을 열려는 나라가 환국이다.

우리 민족 사상의 원류가 그대로 담겨 있는 나라 이름이 환국이다. 구한말 고종이 하느님께 고하는 원구단을 세우고 선포한 '대한제국'이나 대한민국의 '한국'도 물론이 '환국'에 이어진 이름이다.

『환단고기』에 따르면 환인桓因은 사백력의 하늘에서

홀로 변화해 신이 되어 천해의 동쪽 땅인 흑수黑水와 백산白山의 땅에 내려와 환국을 세웠다. 사백력은 시베리아고, 천해는 바이칼호다.

환국은 12개의 나라로 구성된 유목문화를 바탕으로 한 부족 연맹체로 영토가 남북 5만 리, 동서 2만여 리에 이르는 광활한 국가였다. 12개국 이름은 비리국卑離國, 양운국養雲國, 구막한국寇莫汗國, 구다천국句茶川國, 일군국一群國, 우루국虞婁國 또는 필나국畢那國, 객현한국客賢汗國, 구모액국句牟額國, 매구여국賣句餘國 또는 직구다국稷臼多國, 사납아국斯納阿國, 선비국鮮裨國이다.

환국은 3,301년간 7명의 환인이 다스렸다. 『환단고기』는 7대 환인의 이름이 순서대로 안파견安巴堅, 혁서赫胥, 고시리古是利, 주우양朱于襄, 석제임釋提壬, 구을리邱乙利, 지위리智爲利 혹은 단인檀仁이라고 전하고 있다.

이렇게 마고성과 환국의 신화는 각 지방의 전설로 남아 있는 마고가 민족의 시조로서 등장하고 있으며 인류 시원 문화의 총화를 간직하고 있다. 그러면서 우리 민족의 국통國統이 어떻게 이어져 왔는지를 보여주고 있다.

당시 환국이 있었던 바이칼호, 중앙아시아 파미르 고원지대는 해발 2천 미터 이상인 곳으로 인구가 날로 늘어나 큰 나무가 있고 숲이 무성한 아래 세상으로 내려올 수밖에 없었다. 높은 지대에서 내려온 부족이므로 천손天孫족이 되는 것이다.

환국에서 내려와 환웅과 치우의 배달국을 세운 장소에 서 있는 커다란 나무가 신단수다. 신단수神檀樹는 신목神木과 천제를 올리는 신단神壇의 합성어다. 소도를 거쳐 지금은 부락마다 동구에 서 있는 당산나무의 유래가 된 나무가 신단수다.

신단수가 있는 곳에 환인, 환웅, 단군을 모시는 신당이 있는데 지금은 거의 사라지고 사찰의 삼성각三聖閣, 산신각山神閣으로 전해지고 있다. 산신, 대인의 옆에는 항상 호랑이 두 마리가 있어 부린다는데 산신각에 그려진 벽화가 그런 이야기를 잘 전해주고 있다.

신화나 전설은 상상력이 꾸며낸 허구가 아니다. 아직은 과학적 실증이나 역사학적 논거나 고고학적 증거로 확인되지 않았지만 예부터 말이나 글을 통해 전승되온 역사다.

신화나 전설의 서사는 다채롭게 꾸며져 허황되고 비현실적인 성질을 갖는 경우도 많지만 그 뼈대는 먼 옛날에 실재했던 사실의 유물로 여겨진다. 세계적 권위의 고대 역사학자이자 『문명의 창세기』의 저자인 데이비드 롤은 신화나 전설은 전승되는 과정에서 더 재밌게 꾸며지게 마련이지만 그 바탕에는 이제까지 생각했던 것보다 훨씬 실체적인 역사가 숨어 있다고 말한다.

김지하 시인은 마고성을 1만4천 년 전 파미르 고원에 있었던 인류 시원문명으로 보려 했다. 또 배달국 신시도 그 마고성을 이은 문명으로 보고 그 실체와 흔적을 탐구하려고 중앙아시아 지역을 수없이 찾았다.

호혜시장과 상생의 원리를 찾는 원시반본原始返本의 정신으로 21세기 현재의 위기 상황을 벗어나기 위해서다. 우주 만물이 모두 환한 세상의 빛, 원시 동방의 르네상스를 열기 위해서였다.

9. 내가 하느님임을 깨쳐
대동세상을 여는 민족철학

　　우리 민족에게는 선비정신이라는 올곧고 높은 정신 세계가 있다. 도道와 덕德으로 세상을 널리 이롭게 하며 사람들의 마음을 얻는 정신이 선비정신이다. 유교 국가인 조선에서 정치와 맞물려 더욱 높이 샀던 선비정신은 저 마고시대부터 우리 핏줄을 면면히 흘러온 풍류도風流道라는 범우주적 정신세계의 현실태이기도 하다.

　　신라 최고의 지성 최치원은 우리나라에는 예부터 전해오는 현묘한 도인 풍류가 있다고 했다. 이 접화군생接化群生의 풍류로부터 유불선儒佛仙 3교가 유래했다고 최치원이 난랑비서鸞郎碑序에 밝혀놓았다고 『삼국사기』에 기록되어 있다.

'현묘玄妙한 도'라서 말로 설명하기는 힘들 것이다. 세상에 더럽혀지지 않은 햇살과 바람과 물과 자연과 한 몸으로 살다 신선이 되는 깊고도 오묘한 도가 풍류일 것이다.

하여 인간은 물론 우주 삼라만상과 더불어 접화군생해 순조롭고 신명 나게 살며 세상을 널리 이롭게 하는 홍익인간弘益人間 정신도 풍류도에서 나왔을 것이다. 물론 세상을 하늘의 이치, 도道로써 다스리는 이화세계理化世界의 정신도 풍류에서 발원해 우리 민족의 핏줄을 연연히 흘러내리고 있을 것이다.

환국의 '부도符都'나 배달국의 '신시神市'라는 으뜸 도시 이름에 드러나듯이 우리 민족 최초의 나라들은 하늘과 신들이 마음 쓰고 사는 세계를 그대로 본뜬 나라이고 하늘의 법을 따르는 나라다. 별이 내려와 백성이 되고 백성 누구든 왕이 될 수 있는 천손족의 나라다.

마고가 하늘의 음악, 율려에 따라 별을 다 만들어놓

고 나서 사람을 창조하려 하자 혼돈 자체인 거북할아범은 이렇게 말하며 말렸다는 이야기가 오늘날까지 전해지고 있다.

"여기 하늘의 별들이 내려가 사람이 되어 이 하늘처럼 땅에도 진실한 사랑이 꽉 차게 하자. 지금 이 상태는 너무 답답하지 않은가?"

"하늘과 땅을 나누고 사람을 만들면 생명과 죽음이 갈리게 된다. 비록 사람이 죽어 다시 별이 된다고 하나 어찌 사랑하는 사람을 떠나가고 또 미운 생명을 만나야 하는 고통을 이겨낼 수 있단 말인가. 차라리 삶과 죽음도 없고, 너와 나라는 의식도 없고, 시작도 끝도 없고, 선과 악도 없는 이 혼돈 자체가 좋지 아니한가?"

"그 말은 옳다. 그러나 죽음을 넘어서야만 진실한 사랑이 이루어지는 것이다. 사람이 별이 되고 별이 사람이 되는 과정에서 생명 자체가 진화하며 진실한 사랑은 피어나는 것 아니겠는가"라고.

고대 경제 인류학자인 김영래씨는 세계 창조 신화의 대부분은 혼돈의 시대가 있고 신이 그곳에 질서를 만들었다고 한다. 이 질서가 문제가 있는 것은 악이 있기 때문이라 설명한다.

그러나 우리 신화는 그와 반대다. 질서와 악이 공존하면서 악을 녹여 없애나가는 것이다. 질서의 문제점을 녹여 없애는 거대한 무질서가 기초가 되어 우주가 형성되었다는 것이다.

카오스의 불을 지닌 거북이 코스모스인 질서의 세계를 짊어짐으로써 그 질서의 내부에 있는 악을 태워버리는 것이다. 비석 기단을 거북이 받들고 있는, 우리나라에서 흔히 볼 수 있는 석조물 역시 그런 원리라 주장한다.

인간을 노예화하는 근본주의, 전쟁과 부채가 현실적으로 있을지라도 없는 것마냥 그리는 유토피아가 아니라 실제 현실에 있더라도 이를 받아들여 늘 씻김굿을 해내는 체제가 우리 신화요, 고대 국가의 실체였다는 것이다.

한국의 국기가 된 태극은 서로 반대편으로 다가가는 흐름을 보인다. 태극은 조화의 상징이라 이야기하지만 반대되는 개념의 빈틈을 채워주는 것이다. 이런 흐름은 소용돌이, 즉 카오스로 나타난다. 김영래 씨는 흐름이 일어나면서 균형을 취하는 것이 태극이라고 주장한다.

신시 배달국을 연 환웅으로부터 전해져 내려왔다는 『삼일신고三一神誥』에는 '인간이 어떻게 신 같은 존재가 되어 이 땅에 대동 세상을 여는가?'라는 우리 민족의 깊은 철학이 담겨 있다. '삼일'은 3이 1이 되고 1이 3이 되는 순환의 진리에 따라 1인 신이 3인 인간이 되고 3인 인간이 1인 신이 되는 현묘한 도를 담고 있다. '신고神誥'는 문자 그대로 신의 가르침이란 말이다.

1이 3이 되는 과정이 '성통性通', 3이 1이 되는 과정은 '공완功完'이라고 『삼일신고』는 가르치고 있다. 1은 일신강충一神降衷이고 3은 성통광명性通光明, 재세이화在世理化, 홍익인간弘益人間으로 볼 수 있다.

일신강충을 이루게 되면 성통광명, 재세이화, 홍익인간을 할 수 있게 된다. 성통광명, 재세이화, 홍익인간 하면 다시 인간과 우주의 본래인 일신에게로 돌아갈 수 있다는 것을 최재우가 일으킨 동학은 물론 민족종교에서 가르치고 있다.

성통은 자신의 내부에 신, 하느님이 내려와 계시니 일

신강충이다, 동학의 주문대로 '시천주조화정侍天主造化定'이니 성통광명이요, 사람이 곧 하늘인 인내천(人乃天)이다.

때문에 성통은 원래의 자신의 모습이 하느님의 참됨임을 깨닫는 것이다. 하느님의 참됨으로 되돌아가는, 자신의 본 모습을 되찾는 도통道通의 과정이 성통이다.

이것은 불교에서 누구에게든, 아니 우주 만물에 불성佛性이 있어 마음을 갈고 닦아 깨달으면 부처가 된다는 것과 같다. 유교에서 자기 자신을 극복하고 예로 돌아간다는 극기복례克己復禮의 현 실태와도 같다. 물론 신선神仙을 지향하는 도교와 그대로 상통한다.

공완은 성통으로 자기완성을 이룩한 사람이 자신의 내부 하느님 뜻으로 성통광명, 이화세계, 홍익인간 세상을 실현하는 것이다. 사람이며 우주 만물이 모두 구분 없이 평등하게 어우러져 잘 사는 대동 세상을 이 땅에 여는 것이다. 이것을 심신을 단련해 깨달은 사람이 환인이요 환웅이고 단군이다. 치우이고 우리 민족의 본래면목이다.

그럼 환웅이 어떻게, 어느 정도 이것을 깨달아 하늘나라 환국에서 내려와 신단수 아래에 신시 배달국을 열었는지 요즘 소설식으로 간략하게 들여다본다. 이야기를 꾸며 사실을 구체적이고도 총체적으로 들여다볼 수 있는 양식이 소설이겠기에.

신궁으로 오르는 산 입구에는 앞뒤를 서로 물고 회오리치는 듯한 태극 문양이 커다랗게 새겨진 일주문이 서 있다. 그 문양을 보며 환웅은 제왕학 박사가 화두話頭로 내건 마고할멈과 거북할아범 이야기를 떠올린다. 캄캄한 혼돈 속에서 창조의 뜻을 품은 마고할멈이 거북할아범에게 묻는다.

"하늘과 땅을 나누고 별들이 땅으로 내려가 사람이 되게 해 우리 진실한 사랑을 퍼뜨리게 합시다. 캄캄한 이 어둠 속의 안개인지 티끌인지 모를 형체도 없는 것들이 서로 서로의 인력引力으로 끌어주고는 있지만 이는 사랑도 아니요 살아있음도 아니지 않소."

"오! 참을성 없는 마고여, 하늘과 땅을 나누고 사람을 낳게 되면 시간과 공간, 삶과 죽음, 사랑과 미움, 기쁨과 슬픔, 좋음과 나쁨 등 모든 것이 나뉘게 됩니다. 생명을 주어 왜 그 나눔의 고통도 함께 주려 하오. 나뉘지 않고 영원한 혼돈, 이 자체가 좋지 않소."

그 이율배반적인 나눔을 잘 달구어내는 것이 널리 세상을 사랑하고 이롭게 함임을 알고 기어코 이 땅과 인간을 창조했다는 마고할멈과 그에 반대했던 거북할아범. 그 화두의 의미를 곰곰이 따지며 환웅은 산을 기어오른다.

그리 높지 않은 산이나 오르기는 힘들다. 경사가 급한데다 손잡을 바위도, 발을 받쳐줄 바위도 힘없이 모래로 부스러져내려 도마뱀처럼 배를 밀며 기어올라 빈 토굴 하나를 찾아 들어간다. 하늘의 도리를 온몸으로 깨달으려는 오체투지는 산을 오르면서부터 시작된 것이다.

'오체투지라. 그래, 그동안 난 내 마음만 읽고 다스려온 것이다. 이제 아래 세상 사람들처럼 몸의 움직임과 욕구 또한 관찰하고 다스려야 할 것이다. 몸과 마음도 하나로 달궈내야 할 것이다.'

환웅은 낮엔 토굴 속에서 하늘 세상과 아래 세상에서 보고 듣고 벌어지고 있는 일들을 궁리하고 밤엔 토굴 앞에서 하늘의 운항과 소리에 눈과 귀를 열어둔다.

땅의 사람들이 끝없이 태어나고 죽듯이 하늘의 별들도 끝없이 뜨고 지며 반짝거린다. 환웅의 눈 속으로 끊임없이 떨어져 내리는 별똥별이 문득 소리 내어 묻는다.

"왕자님, 내가 언젠가 다시 별로 떠오를 수는 있을까요?"

"그래요. 다시 떠오를 수 있을 거예요. 한번 별이었던 그대, 언젠가는 반드시 별로 뜰 것입니다."

그렇게 밤에는 하늘의 별들과 대화하면서 낮에는 토굴 속에서 명상에 명상을 더해간다.

'저 별들은 떨어져 돌이 되고 꽃이 되고 말이 되고 말똥이 되고 흙이 되고 사람이 되고 또 무엇이 되고 하며 한세상 돌고 돌다 다시 별로 떠오를 것이다. 그렇다면 이것들, 아니 우리를 끊임없이 몸 바꾸어 유전流轉시키는 것은 무엇인가.

그래 바람과 물이다. 모든 것을 이동시키는 바람, 차면 흘러넘치는 물이 하늘과 땅, 세상의 이치 아니겠는가. 아니 몸 바꾸는 것, 유전하는 것, 변화하는 것 그 자체가 생명이고 하늘의 도일 것이다.'

그렇게 삼칠일 스무하루를 보내고 나서 환웅은 토굴에서

내려온다. 토굴에서 나온 지 사흘 만에 화백회의가 열린다. 마고성과 형제국의 중요 사안이 있을 때 열리는 화백회의에는 하느님과 태자, 마고성 대신들과 박사, 형제국 대사 등이 참석한다. 이번 사안은 환웅의 출국 여부다.

먼저 박사들이 환웅의 사람 됨됨이와 공부의 깊이, 나라 경영 능력을 알아보기 위해 돌아가며 묻는다.

"왕자님, 당신은 누구신가?"

"예, 박사님. 저 자신은 하느님을 마음 한가운데 모신, 이 세상 모든 것과 같은 하나라고 봅니다."

"어떻게 하면 왕자님은 하느님같이 온전하신 분이 될 수 있겠는가?"

"제 마음속에 계신 그분의 뜻을 깊이 궁리하고 그분의 뜻에 따라 이 온몸 다 바쳐 세상을 널리 이롭게 하면 되리라 생각합니다."

"저 아래 야만의 인간 세상을 어떻게 다스리려 하는가?"

"하느님의 뜻에 따라 저 아래 인간들 각자도 마음속에 하느님을 모시고 있음을 스스로 깨우치도록 하겠습니다."

"하느님의 뜻은 무엇인가?"

"혼돈 속에서 고독하게 이 세상을 세우시고 운행하시는 도道와 세상 모든 좋은 것과 나쁜 것을 한데 녹여 잘 살게 하는 덕德이라고 생각합니다."

각자 한 가지씩 묻고 난 박사들은 서로를 둘러보며 고개를 끄덕인다.

"그렇다면 너는 아래 세상에서 어떤 나라를 세우려 하느냐?"

박사들과 환웅의 문답을 듣고 있던 하느님이 묻는다.

"예, 아바마마. 이 못 난 아들은 하느님의 뜻에 거스름이 없는 나라를 세우겠습니다. 하느님 마음의 근본인 도는 바람같이 퍼지고 하느님 마음의 씀씀이인 덕은 물같이 흐르는 나라를 만들어 나가겠습니다. 하느님이 펼치셔 온 세상에 두루 있는 도, 그 도로 세상이 돌아가게 할 수 있는 덕을 제가 충분히 달구고 닦았는지는 아직 걱정됩니다."

하느님은 환웅의 대답에 고개를 끄덕이며 그만하면 됐다는 듯 흡족한 웃음을 짓는다. 화백회의의 구성원 모두도 서로를 둘러보며 환웅의 됨됨이에 고개를 끄덕인다.

"됐다. 내 아들아. 내 이 하느님 이름으로 저 아래 세상으로 내려가 너의 나라를 세우거라. 그러나 명심해라, 아들아. 하늘의 도와 땅의 덕이 순하게 맞아떨어지지만은 않는다는 것을. 네 도량과 고독의 깊이와 크기에 따라 순간순간 달라질 수 있다는 것을."

10. 나는 치우다

나는 치우다. 너희의 축구 승리를 상징하는 결연한 표식이다. 세계로 뻗어나가는 너희의 진취성과 역동성으로 오늘도 힘차게 펄럭이고 있는 깃발이다.

나는 도깨비다. 모든 악을 물리치려 지붕 기와 끝의 와당瓦當에 높이 새겨져 사방을 감시하는 용맹스러운 수호신이다. 마을 앞에 눈 부라리고 서서 너희 모두의 안녕을 지키는 장승이다. 궂은일 좋은 일 항상 함께하며 너희의 힘을 북돋워 주고 나쁜 것을 물리치는 도깨비다.

나는 옛날 옛적 파미르고원을 가로질러 천산산맥을 넘어 해 뜨는 밝은 곳을 향해 바람처럼 물처럼 흘러와 신시 배달국을 열었다. 너도 하느님이고 나도 하느님, 너도 왕이고 나도 왕이니 서로서로 섬기는 세상. 하여 모두가 한결같은 하나의 뜻으로 어울려 사는 대동 세상의 터를 닦고 넓혔다.

마을이나 나라 사이 경계 없어 서로 도움을 줘가며 자유롭게 드나드는, 흐르는 나라를 세웠나니. 모든 땅은 아홉으로 나눠 여덟이 각자 한 뜸씩 경작하고 나머지 한 뜸은 같이 일궈 서로의 이익을 위해 썼다.

신시에서는 상품을 교환 가치가 아니라 살아있는 물건으로 보고 그 이용 가치를 서로의 믿음으로 주고받았다. 남을 도와주는 것이 나중엔 반드시 이익이 되는 호혜 시장을 열었나니.

어디서 와서 어디로 가는지 항상 물으며 불안해 우상을 만들어 믿는 인간들아. 흙과 물과 바람과 불로 빚어진 인간들아. 우주를 형성한 태초의 것들이 다 모여 탄생한 너희가 곧 우주이며 신인 것을.

하늘에서 내려와 잘 어울려 살다 다시 하늘로 올라가 별이 된다고 믿는 하늘의 족속, 천손들이여. 하늘과 땅과 사람, 우주 삼라만상은 셋이면서 하나, 한 몸인 것을.

내가 가르친 너희 현인들은 "하나 속에 셋이 있고, 셋이 모이면 하나로 돌아간다(執一含三, 會三歸一)"라고 말하고 있다. 곧 하나인 신은 하늘과 땅과 사람 셋을 포함하고 있으며 셋인 인간은 하나인 신으로 돌아간다는 것이니.

하나가 셋이 되는 과정이 성통性通이고 셋이 하나가 되는 과정을 공완功完이라 일렀지 않았느냐. 성통은 너희 본디 참모습이 곧 신임을 깨닫는 과정이다.

아, 그러나 너희 홀로 그걸 깨닫기만 하면 무엇 하랴. 그 깨달음으로 천지인天地人 모두가 신이 되게 해야 할 것임을. 그러므로 공완은 세상에 나아가 이치대로 다스려 세상을 널리 이롭게 해(在世理化, 弘益人間) 이 땅에 하늘나라를 세우는 일 아니더냐.

그러니 신과 인간을 따로 떼어놓고 보지 말아라. 오로지 한 분, 하나님만 섬기라는 종교에 속지 말아라. 너희 본디와 다를 게 하나도 없는 나를 신으로 팔아 잇속을 챙기는 교회와 사제들에게 속지 말아라. 오로지 하나의 이론, 이념만 가르치는 자들에게 속지 말아라.

하늘과 땅, 인간과 신은 하나로 원만하게 돌아가고 있으니 모든 것을 구획 짓고 경계 짓지 말아라. 너희가 마음속에 지니고 있는 지고지순한 가치가 신이고 그 가치를 이 세상에서 실현하는 것이 곧 너희 본향인 하늘나라, 신시를 세우는 일일지니.

그 이치는 보이는데 그러나 그것을 실현하기가 어디 쉬운 일이더냐. 너희 본디의 마음자리와 지금 너희 세상 돌아가는 일들을 둘러보라. 세상이 어디 하늘의 뜻, 너희 본디 마음대로만 흘러가고 있더냐.

나 또한 그런 일로 하여 고독한 결단을 내리는 때 많았나니. 그런 결단과 용맹, 그리고 끝내는 하늘을 따르는 지혜로 먼 옛날 세계 4대 문명에 앞서 동아시아 문명을 일구고 그 지배자가 되었나니.

중국 대륙 중원으로 내려가자 이미 큰 집단을 이룬 화하족이 있었으나 아직 깨어 있지 않았다. 해서 세상의 이치를 알아 다스리는 지혜도 전해주고 직접 형제들도 파견해 돕도록 했다. 차츰 강성해진 그들은 그러나 바람처럼 물처럼 흐르는 세상에 경계를 긋고 하늘의 도를 거슬러나가더구나.

그래 고독하고 과감한 결단으로 그들을 정벌하기로 했다. 이 땅에도 하늘의 도가 바람처럼 흐르는 세상을 만들기 위해 무력을 사용할 수밖에 없었다. 10여 년에 걸친 긴 정벌 끝에 그들을 무릎 꿇리고 신시를 요하에서 중원으로 옮겨 청구국을 세웠다.

후세 사가들은 그때 그 정벌을 '탁록대전'이라 부르며 내 이름 '치우'를 역사에 올리기 시작했다. 그렇다. 나는 화하족의 왕으로 중원을 지배하던 황제 헌원과 탁록대전을 벌인 동아시아 지배자 치우천황이 맞다.

너희 한국과 일본, 그리고 중국 동이족이나 묘족 등의 조상이 맞다. 최근 들어서는 황제 헌원, 염제 신농과 함께 중국의 삼조三祖가 된 치우천황 개인이 맞다.

그런 역사적으로 실존했던 개인이면서도 나는 너희 가슴속에 오늘도 살아있는 신화다. 하늘의 별이었다 땅에 내려와 살다 다시 별로 돌아가는 것을 믿는 너희 천손족의 용맹과 지혜, 그리고 얼의 중심이요, 총화가 나 치우 아니겠는가.

그러므로 나 치우는 천손족인 너희 가슴속과 뇌리에 새겨진 역사요 신화다. 새벽 잠결에 깨어난 맑은 정신과 텅 빈 마음이 나다. 하여 오늘을 남들과 잘 어울려 지고지순하게 살아가게 하는 너희 본디 마음이 나 치우일지니.

인터넷으로 세계가 시간과 공간 구분 없이 동시에 흐르는 신유목시대가 열렸구나. 한편으론 인공지능의 발전으로 인간의 일과 마음, 정체성이 흔들리고 있구나.

이런 21세기 너희 인간을 인간답게 잡아주고 나아갈 바를 가리켜주는 닻이요 나침반이 나 치우다. 신단수 무성한 잎사귀 일렁이며 또 황금빛 바람이 불어오는구나.

2부

소설 탁록대전
치우와 황제, 천지간 대결전

1. 곰 낭자와 환웅의 혼례

"이 좋은 날 또 이런 큰 경사라니. 하느님을 도와 호녀 님이 우리 하늘의 자손들을 이렇게 키우더니 착하기로 소 문난 곰 낭자님은 또 얼마나 크게 키울꼬. 하느님 만세, 호 녀님 웅녀님 만세."

삼월삼짇날 너른 터에 모인 하늘족속들은 하느님 만 세를 부른다. 호랑 낭자를 맞아들인 지 3년도 채 안 돼 이 번엔 곰 낭자를 맞는 것.

자신의 딸을 바쳐 평생 섬기게 해 대대손손 부족의 안 녕을 바라겠다는 곰군장의 간청에 환웅은 여러 날을 두고 고심했다. 호녀는 물론 바람, 비, 구름 형제는 물론 각 분야의 박사들과도 이 혼사를 두고 이야기를 많이 나눴다.

"하느님, 이제 결론이 났네요. 마음씨 좋고 모든 생명을 제 몸처럼 소중히 돌보는 것으로 온 세상에 소문났으니 한 식구로 맞아들이기로 해요. 형님, 아우님하고 부르며 잘 지내 우리 부락의 안살림, 바깥 인심 더 키우고 늘리면 좋잖아요."

부락 살림꾼들이 모인 가운데 열린 회의에서 호녀가 자신의 성격대로 단순하게 결론을 내려버렸다. 이번 잔치도 호녀가 앞장 서 성대하게 꾸민 것이다.

혼례를 마친 웅녀는 제일 먼저 첫눈이를 안고 있는 호녀에게 큰절을 올린다. 호녀는 어서어서 이 첫눈이 동생을 낳아주라며 바짓가랑이 사이에 하얀 쌀을 듬뿍 뿌려준다.

'정해진 운명은 이렇게 따를 수밖에 없다는 것인가. 아, 엇갈린 이 몹쓸 운명이여. 나를 차라리 벌하소서'

절을 하는 곰 낭자, 절을 받는 호동과 호랑이 부족은 신녀는 피할 수 없는 운명이 씁쓸하고 안타깝기만 하다.

흥겨운 잔치마당을 빠져나온 호동은 개 장군과 함께

부락의 이곳저곳을 둘러본다. 가끔 눈을 들어 푸른 하늘과 부락을 빙 둘러싼 산 능선과 봉우리들을 살핀다.

'하늘은 저리 푸르고 밝은데 어찌 이리 얄궂은 운명을 내린단 말인가. 아닐 것이다. 운명은 이 땅의 사람들이 만들어 가는 것 아닌가.'

해가 떠오르는지 까마귀가 깍깍 울기 시작한다. 부지런한 쇠딱따구리 따르르르 나무 파는 소리가 들린다.

혼례를 치른 다음 날 아침 일찍부터 웅녀는 호녀를 도와 부락 살림을 시작한다. 이 몸의 죄를 아직 다 씻지 못했으니 열심히 일하고 빌어 다 씻고 난 후 하느님을 받아들이겠다며 환웅과의 첫날밤을 치르지 않은 웅녀다.

항상 그랬듯이 나이 많은 박사와 각 방 장인들과 함께 아침 식사를 하며 그날 할 일을 논의한다. 바람, 비, 구름도 호녀가 맺어준 부인들과 식사 자리를 함께한다. 호녀는 산 여자들은 물론 각 부족의 반반한 처녀들과 하늘족 남정네들을 맺어줘 하루가 멀다 하고 부락에서는 아이들의 첫울음 소리가 들린다.

식사를 끝내고 호녀는 들로, 웅녀는 산속으로 향한다.

둘은 그렇게 의좋게 맡은 일을 하며 부락을 키워나간다. 호랑 낭자와 곰 낭자가 잇달아 하늘족 식구가 되면서 태백산은 물론 산 아래의 너른 평원들도 모든 부족이 자유롭게 드나드는 하늘족 땅이 되어가고 있다.

논농사를 위해 조그만 연못들을 트고 이어서 만든 물길은 부락을 에두르는 강이 되어 흐른다. 하늘부락은 차츰 마고성을 본뜬 부락국가로 성장해간다.

2. 호랑이 부족과 개 부족의 하늘부락 기습

봄, 여름, 가을을 보내고 긴 겨울로 접어드는 하늘부락은 오늘이 가장 바쁜 날. 각 부족이 한 해의 수확물과 특산품을 바리바리 싣고 와 거래하는, 한 해를 마감하는 가장 큰 장이 서는 날이다.

호동과 개 장군도 부족 장정들과 함께 마차에 짐을 넘치도록 싣고 온다. 부락에 들른 호동은 먼저 누님부터 찾는다. 이제 말을 막 배우기 시작했는지 호랑이삼촌이라 부르며 아장아장 걸어오는 첫눈이를 호동은 번쩍 들어 올리며 볼을 비빈다.

평소완 다르게 고개를 깊이 숙이고 누님께 인사를 드

린 호동은 다시 장터로 향한다. 눈이 오기 전 더 많은 약초를 찾고 캐기 위해 같이 온 시종들과 함께 며칠째 하늘호수 아래 산막에 기거한다는 웅녀는 보이지 않아 호동에겐 다행이다.

환웅과 그 형제들은 다 어디 갔는지 장이 서는 내내 보이지 않는다. 산속의 짧은 해가 지자 장이 파하고 환한 보름달이 떠오르기 전에 너른 마당의 각 부락 장막 앞에서는 모닥불이 하나둘씩 피어오르기 시작한다. 하늘부락과 각 부락의 장꾼들이 음식과 술과 춤으로 어우러지는 축제가 시작된 것이다.

"하늘자식들은 어디에 숨었느냐? 어서 나오거라. 아니면 여기 네 여편네들과 늙은이들을 다 죽여버리겠다."

"웬 놈들이냐? 아니 너 또 개자식이구나. 개 버릇 남 못 준다더니 감히 여기까지 처들어오다니."

저녁 식사 중에 무턱대고 짓쳐들어온 일단의 군사들을 호녀가 칼을 빼 들고 막는다.

"칼을 내려놓으소, 누님. 이번 일은 우리 부족을 위한 아버지의 마지막 뜻이오. 이 부락은 이미 우리와 개형제 부족 5천 군사들에게 겹겹이 둘러싸여 있소."

"이런 못된 놈. 아버지가 노망들어 그른 판단을 내린다면 네가 바로 잡아드릴 것이지, 이런 끔찍한 일을 벌이다니. 오냐, 동생이고 뭐고 이 칼로 너부터 베어버리겠다."

안으로 뛰어든 일단의 군사들을 호녀 혼자 막고 있을 때 밖에서 칼 부딪치는 소리가 귀를 찢는다. 구름 장군은 환웅의 거처를 에워싼 1백여 명의 군사들을 단번에 제압해 나간다. 칼이 맞부딪치면 청동칼들이 그대로 싹둑싹둑 잘려버리니 당해낼 재간이 없다.

"모두 칼을 내려놓아라. 바깥에 있는 너희 군사들은 모두 제압됐고 산을 타고 내려온 5천 군사들도 하느님께 묶여 있다."

안으로 들어와 항복하라는 구름 장군을 개 장군이 달려들며 내리친 칼이 맞받는 칼에 댕강 무 잘리듯 두 동강 나버린다. 개 장군이 동강 난 칼을 들고 머뭇거리고 있을 때 호녀가 칼을 내려놓는다.

"호동아, 다 끝났다. 어서 칼을 내려놓아라. 그리고 어서 나가 네 군사들을 구하거라."

'아, 이렇게 힘 한번 못써보고 끝나다니. 몇 년 몇 달에 걸쳐 치밀하게 세운 기습을 어떻게 알았단 말인가. 또 이 청동검을 동강 내버리는 저 칼은 대체 어떤 칼이란 말인가.'

칼을 내려놓는 호동을 끌어안으며 호녀는 등을 도닥거려 준다. 구름 장군을 따라 밖으로 나온 호동과 개 장군은 환웅과 대치하고 있는 군사들의 무장을 풀게 한다.

3. 힘이 있어야 펴뜨릴 수 있는 하늘의 법

"이번 일을 어떻게 처리해야 할 것인지, 다음에 또 이런 침탈이 일어나지 않도록 미리 막을 수 있는 방안을 말씀해주시기 바랍니다."

호랑이 부족과 개 부족의 기습을 제압한 다음 날 환웅은 호녀와 형제들과 박사, 부락 살림꾼 등으로 구성된 부락 회의를 소집한다. 바람이 안건을 올리고 의견을 내놓길 바란다.

"다시는 이런 일이 일어나지 않도록 모든 부족이 보는 장터에서 수괴들을 처단해 본때를 보입시다."

"그건 위험한 생각이오. 저들이 겁먹게 되면 오히려 똘 똘 뭉쳐 우리를 치게 될 것이오."

"이번 기습을 우리가 미리 알고 막을 수 있었던 것은 장터에서 모은 정보 때문입니다. 정보 수집력과 분석력을 좀 더 키운다면 우리의 우월한 무력으로 사전에 충분히 대비할 수 있을 것입니다."

"네, 물론 그래야지요. 그러나 이번 일은 없던 일처럼 그냥 넘어갈 순 없습니다. 한 일에는 반드시 상벌이 따르는 것이 하늘의 법 아닙니까."

"맞습니다. 하늘의 법을 이 땅에도 펼 때가 이제 됐습니다. 모든 부족이 장에 모이고 있으니 그들에게도 법을 두루 퍼뜨려야 합니다."

"그들에게 법을 펴기에 앞서 먼저 우리 부락부터 강성해져야 할 것입니다. 그래야 저들도 우리 법을 하늘처럼 떠받들 것입니다."

"그렇습니다. 우리가 먼저 더욱 강성해져 어떤 경우에도 법을 집행할 힘을 보일 때라야 각 부족을 하나로 엮어 두루 통할 수 있는 법을 퍼뜨릴 수 있습니다."

"여러분 말씀 잘 들었습니다. 오늘 나온 말들을 지금

부터 잘 궁리하고 차근차근, 부지런히 대비해나가 반드시 하늘의 법이 두루 퍼지는 날이 오게 합시다."

환웅의 말을 끝으로 아침 반나절 동안 계속된 부락 회의는 끝난다. 형제들과 함께 거실로 들어서니 호녀가 반갑게 맞는다. 차려진 식탁 주위에 앉아 있던 호동과 개 장군이 일어나자 다시 앉게 하고 같이 점심 식사를 한다. 어젯밤 일을 아는지 모르는지 웅녀는 산막에서 내려오지 않은 모양이다.

"하느님, 죽을죄를 졌습니다. 호동 형님이 살려준 은혜에 보답하려는 충정에서 벌인 일이니 한 번만 살려주시면 하느님께 충성하겠습니다."

"어서 많이들 드시오. 호동 처남도요."

식사는 하지 않고 살려 달라 비는 개 장군에게 환웅은 어서 들라고 권한다. 식사를 마치고 나서 환웅은 호동과 개 장군에게 어느 칼이라도 부러뜨릴 수 있는 보검이라며 칼 한 자루씩을 준다. 칼을 받은 호동과 개 장군은 군사들을 데리고 자기네 부락으로 돌아간다.

'우리의 기습을 어떻게 알았을까? 손금 보듯이 내다보

며 길목을 지킨 저들의 정보력은 어디서 나온 것일까. 그리고 저들이 내어준 청동검을 무 베듯 잘라버리는 예리하고 강한 그 칼들은……. 그렇다면 저들은 정녕 우리가 도저히 당해낼 수 없는 하늘의 군대라는 말인가.'

호동은 자신의 부락으로 돌아가는 말 위에서 기습의 전말과 그들의 위용을 곰곰이 따져본다. 그리고 환웅이 준 칼을 싸늘하게 잡아본다.

'아, 나는 이 칼로 어이하란 말인가?'

4. 호랑이 부족 군장과 개 부족 군장의 최후

환웅은 겨우내 박사들과 그리고 형제들과 토론에 토론을 거듭한다. 그러면서 지난 5년 남짓의 경험을 토대로 아래 세상에도 하늘의 법이 퍼져 널리 이롭게 할 수 있는 방안을 강구해 나간다. 한겨울에도 산속 철기방에서는 부지런히 쇠 무기를 생산한다.

봄이 되자 새로 부락성을 견고하게 짓고 성벽도 쌓는다. 다른 부락성의 흙이나 나무와는 달리 돌로 더 튼튼하게 쌓는다. 부락성을 에둘러 흐르는 강도 더 넓고 깊게 판다. 강 건너 너른 마당 동쪽의 햇빛이 가장 잘 드는 곳에 신궁도 짓는다. 한 달에 한 번씩 서던 장도 닷새에 한 번씩 연다. 팔방에서 장에 몰려든 부족들이 그대로 눌러앉아 살겠다면 다 받아들인다.

가을이 끝나갈 무렵 하늘부락은 어느 부락보다 크고 견고한 위용을 드러내기 시작한다. 환웅은 부락 여기저기를 꼼꼼하게 둘러보며 강 건너 새로 지은 신궁에 든다. 신궁 안에서 웅녀가 나와 반갑게 맞는다. 몸과 마음을 다 정화하고 환웅과 첫날밤을 치렀음인가, 웅녀의 배가 초승달처럼 살짝 불렀다.

웅녀 손을 잡고 신궁으로 들어간 환웅은 홀로 성소로 들어간다. 3일간 기도하고 나온 환웅은 사방의 여덟 부족 군장들에게 사자들을 보낸다.

'밤이 가장 긴 동짓날 밤 내가 준 칼로 군장 심장을 직접 찌르시오.'

환웅이 보낸 사자의 통보를 받고 마침내 올 것이 왔다며 호동은 부르르 떤다.

'아버지 심장을 꺼내들고 이제부터 내가 군장이다를 외치라고. 그것도 우리 부족민이 다 보는 앞에서. 아 냉

철한 이여, 쿵쿵 뛰는 가슴은 없고 머리만 있는 인간이 아닌 신 같은 이여.'

"아버지, 이제 죽어줘야겠소, 하느님의 명이오."

호동과 똑같은 통보를 받은 개 장군은 입가에 묘한 미소를 띠며 칼을 뽑아든다.

"이 후레자식 놈아, 네가 언제 누구 명에 따랐더냐. 이게 네놈의 그 시커먼 속과 맞아떨어진 거지. 그래 어서 죽여라, 이놈아."

다른 여섯 부족의 군장들에게는 호랑이 부족과 개 부족의 기습 전말을 상세히 알리며 행한 일에는 반드시 상벌이 따르는 것이 하늘의 도리요, 세상을 이롭게 하는 법임을 알린다.

여덟 부락은 통보에 따르든지 아니면 뭉쳐 대항해 올 것이다. 뭉친다면 물론 호랑이 부족의 군장이 앞장 서야 한다. 그러나 지난 기습 실패로 신망을 완전히 잃고 그야말로 종이호랑이가 됐다. 개 부족의 군장 또한 그렇다.

아래 세상에 새 기운이 돌게 하려면 그들은 죽어줘야 한다. 주인 자리를 밤에서 낮으로 넘겨주는 동짓날 밤에.

그것도 자신이 낳고 키운 자식의 손에. 아주 처절하고 극적으로 넘겨줘야 하늘의 법이 무엇인지 저들 스스로도 확연히 깨칠 것이다.

'아, 그러나 이런 극적이고 처절한 판단이 과연 하느님의 뜻인가, 이 아래 세상 사람이 된 나 환웅의 뜻인가.'

3일간 신궁 성소에서 낮에는 밝은 햇살 아래 기도하고, 밤에는 달과 별들에게 물어보며 내린 판단인데도 환웅은 그게 정녕 하늘의 뜻이고 순리인지, 아니면 자신의 뜻이고 땅의 법인지 다시 한번 따져본다.

5. 배달국의 선포와 밝은애의 탄생

　어느 해보다 춥고 긴 겨울이 가고 태백산에도 봄기운이 완연하다. 온갖 풀이며 나무가 한꺼번에 꽃을 피우고 만물이 새 생명의 기쁨을 노래하는 수릿날. 이른 아침부터 하늘부락으로 번쩍이는 청동구로 장식된 쌍두마차 행렬이 각 부족의 장들을 한 명씩 태우고 들어온다.

　태백산 아래의 평원으로부터 산중에 있는 부락까지 넓은 길을 닦았다. 산 아래 도착한 군장들을 대기하고 있던 마차에 태우고 철기군의 호위 아래 위풍당당하게 부락성으로 입성시키고 나자 바람이 신전 앞의 신단수 단 위로 오른다.

"여러 군장님과 각 부족 살림꾼, 그리고 장군 여러분, 먼 길 오시느라 고생 많으셨습니다. 지난 겨우내 각 부족 어르신들과 토의해 마침내 합의에 이른, 모든 부족이 함께 어울려 잘 살 수 있는 방안과 법을 하느님께서 하늘과 땅과 여러분께 알릴 것입니다."

바람이 부족 전체 회의 시작을 알리고 단에서 내려서자 환웅이 눈보다 더 흰 옷을 입고 천천히 올라선다. 먼저 하늘과 땅, 그리고 앞에 모인 사람들에게 큰절을 하고 일어서자 해가 동쪽 산꼭대기로 막 떠오르기 시작한다.

"오늘 우리는 이 땅에도 하늘의 도리가 물처럼 바람처럼 흐르는 세상을 만들려 이 자리에 모였습니다. 여러 부족과 합의한 결과를 말씀드리겠습니다.

먼저, 사방 8개 부족과 우리 하늘족속은 서로 서로 형제 나라로 맺어질 것입니다. 지금부터 부족이란 핏줄의 이름을 버리고 나라라 부르고 군장님들은 나라가 크든 작든, 너도 나도 모두 왕이라 부를 것입니다. 한 형제 나라가 침탈당하면 다른 형제 나라들이 하나로 뭉쳐 응징할 것입니다.

다음, 부족에서 나라가 됐으니 모든 부족이 어느 나라든 자유롭게 넘나드는 경계 없는 세상이 될 것입니다. 형제 나라들은 유이민들에게 안전은 물론 편익을 제공하게 될 것입니다.

이제부터 우리는 형제 나라로 맺어져 사람이나 물품들이 물같이 흘러넘치고 바람 같이 떠도는 밝고 풍요로운 배달 세상을 가꾸도록 합시다."

막 떠오르는 해를 등진 환웅의 온몸이 눈부신 햇살처럼 빛난다. 천천히, 위엄 있게 하는 말은 햇살이 하는 말 같다. 각 나라의 왕들과 살림꾼들과 장군들은 일제히 "하느님 만세"를 외친다.

'냉철한 인간, 때와 장소를 자신의 것으로 만들어 모든 사람의 마음을 한꺼번에 사로잡을 줄 아는 인간. 아버지를 내 손으로 죽이게 만들고, 모든 부족을 통합해 강성한 나라를 만들려던 아버지 평생 꿈을 그대는 이렇게 단번에 이루어 내다니. 놀랍고도 두렵다, 그대 하늘의 아들이여. 그러나 아버지의 원대한 꿈은 이미 내 심장 속에 들어와 있거늘.'

호랑이나라의 왕이 된 호동은 누님 처소를 찾으며 다시 한번 입술을 깨문다. 호동은 첫눈이를 안아 올리며 볼을 비빈다. 뺨에 눈물이 묻은 첫눈이는 "삼촌 울어? 왜 울어?"라고 묻는다. 그런 호동을 호녀는 '울지 마라, 네 맘 다 안다'는 듯 따뜻하게 껴안아준다.

해가 신단수 한가운데를 정직하게 비추는 정오, 초막 안에서 갓난애 첫울음 소리가 터져 나온다. 호녀가 뛰쳐나오며 밖에서 서성이던 환웅에게 소리친다.

"서방님, 고추여요, 고추. 서방님을 꼭 빼닮은 아들이에요."

무척 기뻐서인지 자신도 모르게 둘이서만 은밀히 쓰는 서방님이란 말이 벌건 대낮, 그것도 남들이 보는 앞에서 자발없이 터져 나온다. 당황한 호녀는 두 손으로 입을 막으면서도 경사가 났다면서 어쩔 줄을 몰라 한다.

'정직한 정오에 이 땅에 내려왔으니 네 이름은 밝은애로 부르마. 저 신단수 같이 밝고 단단하게 자라거라. 어서 커서 하늘과 땅 사이의 법이 아니라 너는 땅의 법이 곧 하늘의 법이 되는 세상을 가꾸도록 하거라.'

6. 출국하는 호랑이 왕,
배달국을 연 환웅의 긴 회고

땅도 없이 하늘산에서 내려와 강력한 철제 무기와 세상을 널리 이롭게 한다는 명분으로 땅의 족속들을 복속시켰다. 아래 세상의 맹주이자 큰 처남인 호랑이 부족이 개 부족과 함께 반기를 들었으나 간단히 제압했다.

하늘산으로 빙 둘러싸인 고원지대 환국의 도성 마고성. 날이 날로 따뜻해지며 만년설이 녹아 홍수가 나고, 초원은 사막으로 바뀌어가고, 인구는 늘어가자 천상의 낙원 같았던 마고성은 피폐화돼 갔다. 나이 서른을 넘기자 살림 형편을 둘러보며 나라를 다스리는 이치를 배우려 형제국을 편력했다.

하늘의 도리를 궁구하고 제왕학을 부지런히 공부해서 출국한 뒤에 새로운 나라를 세워야 하는 게 마고성 왕자들의 운명. 그 공부의 마지막 단계로 형제국 곳곳을 편력하며 체험을 통해 통치술을 익힌 것이다.

형제국을 편력하고 나서 동남쪽으로 더 내려가 야만의 아래 세상까지 둘러봤다. 아래 세상에서는 태백산을 경계로 미리 터를 잡고 있던 호랑이 부족과 새로 내려온 곰 부족이 세력 다툼을 벌이고 있었다. 환국보다 더 기름지고 아름다운 금수강산, 예전의 마고성 같은 낙토인데도 만족을 모르는 욕심과 질투가 투쟁을 부르고 있는 것.

형제국과 아래 세상에 대한 편력을 마치고 돌아온 환웅은 인간의 됨됨이와 통치 능력을 시험하는 화백회의에서 만장일치로 통과해 무리 3천과 함께 아래 세상으로 내려왔다.

태백산 일대를 점령해 들어오는 곰 부족을 막기 위해 호랑이 부족장 아들 호동은 곰 부족을 기습해 태백산 전체를 되찾았다. 호동을 사랑한, 곰 부족장의 딸 곰 낭자가 부족을 배신해 결정적인 승리를 거둔 것이다.

곰 부족이 대패하고 외아들마저 포로로 잡혔다는 소식에 아버지가 죽자 효심이 지극한 곰 낭자는 부족을 배신한 죄책감에 아버지 저승길에 동행하려 자진自盡한다. 저승에서 공덕을 쌓은 곰 낭자는 호동의 입맞춤에 다시 살아나 망자亡者와 통할 수 있는 신통력을 갖게 된다.

모계사회인 곰 부족의 도움으로 환웅의 무리는 태백산 아래에 거처를 마련했다. 부계사회인 호랑이 부족은 곰 부족을 견제하기 위해, 환웅은 태백산에 있는 광산을 얻기 위해 호랑이 부족장의 딸인 호랑 낭자와 혼인했다.

호동과 곰 낭자는 서로 한 몸같이 사랑하나 원수지간인 부족 사정이 혼인을 허락할 수 없다. 호동은 날로 커가는 환웅의 무리를 개 부족과 연합해 견제하기 위한 아버지 부족장 강권으로 개 부족장의 딸인 개 낭자와 혼인했다.

호동의 결혼에 낙담, 신전을 지키며 신하고만 살겠다는 곰 낭자를 설득해 곰 부족장은 딸을 환웅에게 시집보낸다. 태백산에서 철제 무기를 제작해 무력도 키우고 장터도 열어 사방의 부족들을 아우르며 커가는 환웅의 부락을 호랑이 부족과 개 부족이 연합해 기습하지만 정보망을 통해 이를 사전에 알게 된 환웅에게 제압당한다.

호랑이 부족장과 개 부족장에게 각기 자신의 아들 손에 살해당하도록 하는 징벌을 내린 환웅은 주변 8개 부족을 형제국으로 아우르며 부족국가 연맹체인 배달국을 세웠다. 반란을 주도한 호랑이왕을 무리 3천과 함께 동남방 바다 끝까지 가 새로운 나라를 세우라며 추방한다.

환웅은 망루에서, 그것도 까치발로 서서 멀어져가는 호동의 뒷모습을 오래오래 바라보는 호녀와 웅녀를 부드럽게 껴안으며 긴긴 회상에서 깨어난다. 마고성에서 내려와 배달국 건국까지의 일들을 되짚고 나서 다시 눈을 들어 동남방 저 멀리 사라져가는 호랑이왕 무리를 아득히 바라본다.

'그래, 땅의 법이 곧 하늘의 이치가 되어 물처럼 바람처럼 흐르는 나라. 그대, 호랑이왕이시어, 우리 다음 세대의 첫눈이와 밝은애에게 자랑스럽게 보여줄 그런 새 나라를 세우시오.'

환웅은 신시성 아래에 집결한 배달국 연합군 20만 대군의 위용을 내려다보며 출정 명분을 다잡는다. 저들만의 땅의 법으로 천하의 경계를 긋고 이미 제국을 건설한 서남방 오랑캐 족속들. 그들과의 한판 싸움이 천하의 도리를 이 땅의 사람들 가슴속에 영원히 새기게 할 것이라며 출정 의지를 다진다.

7. 땅의 황제 헌원

　　태양이 열기를 더해가는 기나긴 낮 유월의 평원은 보기만 해도 배부르다. 타작마당에 날리는 누런 보리 검불들이 작열하는 햇살에 황금 실오라기처럼 빛난다. 방금 수확한 보리밥을 양껏 먹은 농부들은 배를 두드리고 땅을 치며 격양가擊壤歌를 부른다.

　　해 뜨면 들녘에 나가 일 하고

　　해 지면 집에 돌아와 쉬네

　　밭 갈아 배불리 먹고

　　우물 파서 물마시네

우리네 황제님 순하게 따르니

만백성 배 두드리고 등 따습게

살고 지고 살고 지고

중원성을 나와 열흘째 남방 평원을 순시하고 성으로 돌아오는 황제 헌원은 마음이 배부르다. 농부들은 헌원 일행의 번쩍번쩍 빛나는 마차를 보면 "황제 폐하 만세 만세 만만세!"를 외치며 격양가를 힘차게 불러대곤 한다.

'그래, 그렇다. 이 기름진 땅을 언제까지 저 동북쪽 오랑캐들과 함께 나눠야한단 말인가. 이제 더 이상 떠돌지 않고 자기 땅을 일구고 가꾼 자가 배불리 먹고 등 따습게 잘 수 있게 난 울타리를 쳐줄 것이다.'

헌원이 흡족한 생각과 결의에 잠겨 있을 때 일행의 마차로 중원성에서 보낸 전령이 탄 말이 달려온다. 전령은 신시성에 잠입시킨 세작들이 보내온 정보를 종합해 헌원에게 보고한다.

호랑이왕이 출국당하고 배달국 연합군 20만이 집결했다. 이건 틀림없이 대규모 원정을 위한 마지막 기동훈

련 및 부대 점검일 터. 한 판 싸움을 벌여야 할 때가 임박한 것이다.

'그래 오너라, 하늘의 군대라는 동북방 산적 오랑캐들아. 하늘의 시대를 이제 땅의 이 황제가 확실히 끝장내주마.'

다시 결의를 다진 헌원은 지난 수년간 벌였던 신농씨와의 싸움을 떠올린다. 신농씨는 이 중원에 물 가두어 씨 뿌리는 논농사를 처음으로 가르쳐준 자다. 남는 생산물을 신의에 따라 거래하는 시장을 처음으로 연 사람이다.

이 풀, 저 나무껍질과 뿌리를 직접 먹어보며 약을 지어 병든 백성들을 낫게 해준 자다. 그러기에 백성들이 저 이글거리는 태양 같은 황제皇帝, 염제炎帝로 받들어 모시며 칭송하던 그도 하늘의 자손임을 자처하다 결국 이 땅에서 밀려나지 않았던가.

이 땅에 밝은 염제도 물리쳤거늘 그걸 번연히 알면서도 쳐들어오는 치우여, 어리석기 짝이 없는 하늘의 아들이여. 우레와 같다는 너의 용맹, 긴 꼬리 빛내는 혜성 같다는 너의 별을 내 떨어뜨리리. 헌원은 이 땅에서의 싸움

을 땅과 하늘의 대결로 이끌어 가면 저 지긋지긋하고 가
증스러운 하늘의 세상도 끝장낼 수 있으리라 다짐한다.

8. 신농씨와 헌원

헌원은 큰곰 부족 출신으로 농기구와 병장기를 잘 만들었다. 특히 소가 끄는 수레를 처음으로 빨리 달릴 수 있는 마차로 개조해 '마차 헌軒', 마차와 말을 이어주는 '끌채 원轅' 자를 써 헌원軒轅으로 불렸다.

염제의 농업 개발 덕분에 날로 부유해져 자급자족을 하게 된 남방 부족들은 하나둘씩 유이민들을 드나들지 못하게 통제했다. 계권도 소통이 안 되어 솥터와 시장도 황폐해져갔다. 통제와 징벌에도 불구하고 날로 노쇠해가는 염제에 보란 듯이 남방 부족들은 부족 간의 경계를 그어나가며 이웃 부족과의 싸움도 마다하지 않았다.

이에 염제는 결단을 내려 헌원을 총사령관으로 삼은 중원성 군대를 파견했다. 일찍부터 헌원의 재능을 알아본 염제는 헌원에게 남방 부족을 총괄하는 막중한 직책을 맡겨왔었다. 하늘의 명분을 내세워 징벌을 일삼는 염제와 달리 헌원은 발달된 농경술과 농기구 만드는 기술을 알려주며 땅의 민심을 얻어갔다.

대군을 이끌고 남쪽으로 가던 헌원은 중원성을 벗어난 첫 번째 솥터인 판천에서 부대를 점검하고 쉬게 했다. 판천은 높은 산의 협곡과 황토물이 넘실거리며 흐르는 장강長江을 뒤로 한 넓은 평원. 그 가파른 협곡과 강은 자연적으로 북방, 남방을 가르며 부족들이 드나드는 관문 역할을 하고 있기에 중원에선 가장 큰 규모의 솥터가 선 것이다.

그 솥터에는 북방과 남방의 각 부족에서 파견한 관리들이 상주한다. 남방 부족 사정에 밝은 헌원은 먼저 솥터 관리들에게 출병 이유를 밝히고 남방 부족장들을 솥터로 불러 모으게 했다. 염제의 명령대로 군세를 과시하며 이곳에서 그들과 담판으로 스스로 경계를 무너뜨리게 하고 숯터와 시장을 다시 세우려 남방 부족장 회의를 연 것이다.

부족장들은 하나같이 경계를 허물 수 없다고 주장했다. 씨족들이 알아서 스스로 울타리를 치고 있어 허물면 백성들에 위배된 것이요, 또 이제 유이민들도 없으니 경계를 허물 이유도 없다는 것이었다.

허물었다간 그것이 도리어 자연의 이치에 어긋난다는 것. 부족장들은 염제를 설득시키든지, 그리 못하겠으면 자신들과 뜻을 같이하자고 헌원을 설득해 나갔다. 밤새 궁리한 헌원은 다음 날 아침 부족장들과 자신의 부장들을 불러 모으고 뜻을 밝혔다.

"이제부터 나는 저 하늘의 자손이 아니라 이 누런 황토, 땅의 자손이오. 나는 이제 우리 조상들의 나라, 땅의 나라를 되찾으려 여기 여러 부족장과 뜻을 같이하겠소."

헌원의 말이 끝나자 부족장들이 먼저 "땅의 나라 만세, 황제 만세!"를 외쳤다. 대부분의 중원성 부장도 따라 외쳤다. 헌원에 반대하며 중원성으로 돌아가겠다는 부장들은 그 자리에서 척살당했다.

황제로 옹립된 헌원은 남방 부족장들에게 동원할 수 있는 군사를 모두 판천에 집결토록 했다. 물같이 바람같이 흐르게 하는 하늘나라의 그물코, 솥터가 일순간 울타리를 치려는 땅의 나라 반란의 진원지가 되었던 것이다.

9. 판천 싸움

총사령관 헌원과 남방 부족의 반란에 신농씨는 난감했다. 주력 부대, 특히 공격의 선봉인 전차 부대는 모조리 헌원의 직속으로 보냈기 때문이다. 그렇게 충직했던, 해서 자신이 몸소 깨달은 모든 것을 가르쳐줬고 이번 일만 잘하고 돌아오면 자신의 아들이 아니라 그에게 나라를 넘기려 했던 헌원의 배신이라니. 이제 늙어서 판단이 흐려졌음인가.

염제는 급히 북방 부족들에게 반란을 알리고 가능한 한 많은 군사를 판천 들녘으로 모이게 했다. 헌원은 판천의 협곡 위에 진을 쳤다.

염제는 판천 들녘을 불붙은 마차와 불화살로 붉게 태우며 쳐들어갔다. 그 불 속에서 헌원의 곰, 호랑이 등 맹수 부대는 타들어가며 죽어갔다. 전차에 실은 물로 맹수들에 붙은 불을 꺼가며 또 적을 공격하며 대항해봤지만 이글이글 타오르는 염제의 화공을 막기에는 역부족이었다. 그렇게 수 차례 염제에게 당하면서 헌원은 협곡 입구까지 밀렸다.

협곡 앞에 포진한 적을 섬멸하며 염제가 협곡에 거의 다 이르렀을 때 협곡 안에서 북과 꽹과리, 마차 달리는 소리가 우레같이 들려와 군사들의 귀를 멀게 하며 흩어지게 했다. 함정임을 직감하고 염제가 퇴각 명령을 내렸으나 소리에 묻혀 전달되지 않았다. 염제의 군사가 모두 협곡 안으로 들어왔을 때 헌원은 마차에 가득 실은 기름을 협곡 아래로 쏟아붓고 불화살을 쏘았다.

졸지에 화탕지옥으로 바뀐 협곡 아래에서는 살이 타는 냄새가 천지를 진동했다. 화공에 능해 염제로 통하는 신농씨가 자신의 전술을 손바닥 보듯이 잘 알고 있는 헌원에게 되레 화공을 당한 걸 알고 패퇴한 것이다.

신농씨와의 판천 싸움을 떠올리며 헌원은 올 테면 와 보라고 결전의 의지를 다시 한번 다진다. 같은 하늘 아래의 사람이면서 이래라 저래라 간섭만 하는 웃전으로 더는 모실 수 없는 노릇. 계속 복종하며 그들의 말에 따르고 곡식과 땅과 군사마저도 내놓아야 한다면 그들이 기르는 마소와 다를 바가 있겠는가.

헌원은 팔방조를 날려 보내 팔방의 부족장들을 중원성에 모이게 한다.

10. 하늘의 천제 치우

　여름 수확도 끝나고 가을 파종도 끝나간다. 이제 하늘이 알아서 농사는 지어줄 것이다. 가축들도 알아서 새파란 평원의 기름진 풀들을 뜯어 먹고 살찔 것이다. 치밀하게 준비했던 서남방 중원 오랑캐들을 정벌할 때가 온 것이다.

　태백산에 정착해 부족 간의 경계를 허물고 배달국을 세우고 나서부터 환웅은 중원 정벌을 생각하며 수없이 그 정벌, 싸움의 이유와 명분을 묻고 또 물어왔다.

　하늘과 땅이 꼭 이렇게 나뉘어야만 하는 것인가. 하늘의 별들이 떨어져 땅 위의 만물이 되고 땅 위의 것들이 그 생명 다하면 또 하늘로 올라가 별이 되는 것. 때문에 바람이듯 물이듯 흐르며 살고 지고 하는 것인데 왜 하늘과 땅을 한 가지로 보지 않으려 한단 말인가. 왜 땅마저도 내 땅, 네 땅으로 나누려 한단 말인가.

그렇다면 왜 그들을 응징하려 하는 것인가. 그들이 경계를 지으며 하늘의 뜻을 거스르는 것도 크고 길게 보면 또한 바람처럼 물처럼 자연스러운 흐름 아니겠는가. 그러다 경계 짓는 세상이 편하지 않으면 또 알아서 허물고 자연스레 흘러 다닐 것 아닌가. 그렇다. 땅의 경계를 짓는 것이 정벌의 명분은 될 수 없다.

문제는 마음의 경계를 짓는 일. 하늘과 땅, 선과 악, 내 편과 네 편, 사랑과 미움으로 한없이 이쪽과 저쪽을 나누는 마음이 문제다. 하늘이 있기에 땅도 있고 땅이 있기에 떠받들 하늘이 있듯 이쪽, 저쪽은 다 한가지인 것을.

그 이쪽저쪽이 오가며 평형을 유지하는 마음, 그 마음이 하느님 아니던가. 자신의 마음속에 있는 하느님을 나 몰라라 하는 인간들, 그 오랑캐 마음은 제거해야만 할 것이다. 인간을 위해.

환웅은 신궁 성소에 들어 낮에는 쏟아지는 햇살을 바라보며 원정 계획을 짠다. 밤이면 쏟아지는 별빛을 바라보면서, 마고성에서 출국할 당시의 각오를 다지며 하늘의 뜻을 궁리하는 한편, 오랑캐 정벌 명분을 묻고 또 묻는다. 3일째 되는 날 신궁에서 나온 환웅은 형제국왕들과 제장이 참석하는 회의를 소집한다.

"자, 이제 땅을 나누어 자신들만 차지하려는 저 서남방 무리에게 하늘의 뜻을 전해야 될 때가 되었소. 준비는 이미 다 끝났고 여기 모인 20만 대군이면 충분할 것이오. 그들도 우리가 올 것을 알고 지금 판천에 병력을 집결하고 있소. 형제국왕님들과 제장은 지금이라도 즉시 출병할 수 있게 관할 부대를 점검하시기 바라오."

환웅은 총사령관과 근위대장 그리고 신녀와 함께 신시성 망루에 오른다. 성 밖에는 20만 대군이 까마득히 진용을 갖추고 기치를 올리며 '치우천황 만세'를 하늘과 땅이 울리도록 외친다. 전쟁 때면 신시성은 전쟁의 신인 치우의 깃발을 내걸고 하느님은 치우천황蚩尤天皇이 된다.

"하늘의 용사인 여러분, 우린 오늘부터 전혀 새로운 싸움을 벌이려 합니다. 이는 하늘과 땅의 대격전이 될 것입니다. 하늘과 땅은 오르락내리락하며, 돌고 돌며 서로를 도와주어야 하는데 저 서남방 족속들이 하늘과 땅의 교류를 막고 있습니다.

햇빛은 이 땅 골고루 쏟아져 내려 땅 위의 만물을 이롭게 하는데 저들은 땅의 것들을 자신들만 차지하려 하고 있습니다. 하늘과 땅에 가득한 생명들이 서로 통하는 것을 막는 것은 하늘의 뜻이 아닙니다. 그건 땅의 마음도 아닙니다. 우리는 그들에게 하늘의 뜻을 알리려 출정하려 합니다."

드디어 이 아래 세상에서 최초로 하늘과 땅의 전쟁, 흘러 통하는 바람과 물의 제국과 막힌 울타리 제국의 대격전이 시작된 것이다.

11. 치우와 헌원의 출정

남방 순시를 마치고 중원성으로 돌아온 헌원은 각 부족장, 장군들과 함께 작전회의에 들어간다. 헌원은 판천에서 염제를 물리치고 황제의 자리에 오른 뒤부터 줄곧 중앙집권을 강화해왔다. 북쪽 부족들의 반란에 대비하면서 영토 확장을 위해 각 부족 정예군들을 중원성과 판천, 강 건너 탁록에 집결시켜 중원성 직속으로 두고 훈련에 훈련을 거듭해왔다.

"배달국연합군이 신시성을 출발해 이곳으로 오고 있다. 규모는 20만 대군이라지만 그들은 소·말·양·돼지 새끼들이 모인 오합지졸에 불과하다. 하늘의 군대라는 그 가

증스러운 무리는 하늘을 내세워 땅을 야금야금 먹어 들어
오는 침략자들이다.

우리는 그들이 키우는 가축이 아니라 이 땅의 주인인
인간이다. 그놈들을 일시에 박살 내기 위해 전력을 분산
시키지 않고 한군데로 모으겠다. 일단 군을 둘로 나누겠
다. 나는 지금 남방 부족과 함께 판천으로 나아가 진을 치
겠다. 중원성은 내 아들 소호 장군 지휘 아래 전차 부대와
북방 부족이 남아 지키도록 하라."

전력을 집중하겠다면서도 군을 크게 둘로 나눈 것도
의아했고 도성인 중원성을 뒤로하고 판천으로 주력을 빼
돌린 것도 문제였지만 부족장들과 제장은 감히 물을 수
없다. 어떠한 의문이나 토를 달 수 없게끔 황제의 권력은
공고하다. 각 부족장의 옆에도 황제 직속의 참모를 두어
사실상 부족의 군권도 장악한 상태다.

배달국연합군의 상시 편제는 신시성 중앙군을 포함해
여덟 형제국의 9군이다. 1개 군은 다시 9개로 나뉘어 총
81개 부대. 각 부대는 기병, 보병, 궁수병, 포병 등 모든 병
을 상, 하, 중, 좌, 우 5개 진용으로 되어 있어 단위 부대별

로도 어떤 작전이든 수행할 수 있다.

치우는 9군을 상, 중, 하 3개 군단으로 편성해 중원성을 향해 나아간다. 가는 길목 맞춤한 거리에 있는 서남방 형제국들의 솥터들이 병참을 담당한다. 병참을 신속히 할 수 있는 솥터로 해서 연합군은 계획대로 한 달 만에 신시성에서 서남방 형제국을 거쳐 배달국과 중원국의 경계를 이루는 긴 산맥까지 나아간다.

중원성은 이 산맥만 넘으면 말을 타고 닷새면 이를 수 있는 거리에 있다. 치우는 산맥을 넘기 전에 다시 한번 군기를 점검케 하고 제장 회의를 소집한다.

"이제 저 산맥만 넘으면 중원입니다. 중원의 모든 부대는 중원성과 판천에 집결해 있다는 보고입니다. 여기서부터는 부대별로 나뉘어 저 산을 가급적 빨리 넘어 앞으로 열흘 뒤 중원성 앞에서 합류하도록 합시다."

평원에서와 같이 대군이 진용을 갖추어 나간다면 산맥을 넘는 데만 며칠이 걸릴 것이다. 산맥 어딘가에 숨어 있을 중원군들에게 중간 중간 끊기는 공격을 받을 수도 있어 산개 전략을 택한 것이다.

치우는 산성 망루에 올라 서남방 평원을 살펴본다. 일망무제, 눈에 가릴 것 없는 평원이 펼쳐져 있고 그 평원 사이사이에 낮은 구릉과 강들이 흐르고 있다.

'아, 농업의 신으로 불리는 신농씨. 그대는 나보다 훨씬 이전에 마고성에서 내려와 이 서남방을 이렇게 젖과 꿀이 흐르는 낙원으로 가꾸어놓았군요. 곰이나 늑대같이 들짐승이나 날짐승, 물고기나 잡아먹고 열매나 따 먹던 야만인들에게 하늘의 도를 가르치며 이리 풍족한 세상을 열게 했군요. 그러나 그 풍요가 인간의 욕심을 부채질하게 해 결국은 밀려나게 되었거늘……'

치우는 신농씨를 떠올리며 다시 한번 정벌의 명분을 새겨본다.

12. 소호 장군의 지연작전

산맥을 내려갈 때 중원군은 별다른 저항을 하지 않는다. 산 능선 능선의 중원군 보루도 텅 비어 있다. 산 아래 마을들에는 노인과 아이들만 남아 있고 젊은 남녀는 한 명도 보이지 않는다. 가축들도 한 마리 보이지 않는다.

들녘의 곡식들만 저들이 알아서 여물어가고 있다. 장기전에 대비해 전투할 수 있는 모든 인원과 물자를 소개시킨 것이다.

항상 선봉에 나서길 자처해 상군 중에서도 제일 먼저 나아가고 있는 개 부족군은 어두워질 무렵 제법 큰 강가에 이르러 강변을 따라 넓게 진을 치고 야영한다. 강 건너

야습에 대비해 경계도 철저히 세우고 특히 벅수군의 병참 부대는 안전한 후방에 배치한다.

전투 태세를 갖추고 잔뜩 긴장한 채 산을 넘어와 피곤한 군사들이 깊은 잠에 빠진 한밤. 병참 부대에 불길이 치솟고 함성과 꽹과리 소리가 밤하늘을 찢는다. 뒤이어 우레 같은 바퀴 소리와 함께 전차가 강가에 펼쳐진 막사들을 헤집고 다니며 불사르기 시작한다.

자다 놀라 뛰쳐나온 군사들은 전차 바퀴에 깔리고 창에 찔려 죽어간다. 어둠 속에서 순식간에 나타났다가 개 부대가 정신을 가다듬고 응전 태세를 갖추기 전에 전차 부대는 횃불을 끄고 어둠 속으로 사라져버린다.

그날 밤 당한 부대는 그 개 부대만은 아니다. 선봉으로 강가에 포진한 아홉 개 부대 모두가 그렇게 당했다. 병사들의 피해는 적었어도 군량미 등 군수물자의 반쯤이 불타버렸다.

단병전에서 용맹하기로 둘째가라면 서러워할 개 부족이다. 그것도 반란 이후 축출된 개왕 대신 신시성 직속의 장군을 배치해 사실상 치우의 직속 부대나 다름없는 개 부대가 저항 한번 제대로 하지 못하고 일격을 당한 것이다.

한밤중 불타는 전차의 질주와 바퀴 소리, 어둠을 찢어대며 막사와 군사들의 가슴을 치고 드는 불화살과 창은 천둥 번개와 벼락같아 개 부대의 혼을 빼놓기에 충분했다.

정보는 들었지만 연합군에는 없는 전차 부대로 중원군은 일단 기선을 제압하는 데 성공한다. 무엇보다 선봉인 개 부대를 야습함으로써 연합군에 심리적 두려움을 심어준 전략적 효과를 거둔다.

다음 날 아침 개 부족군은 부대를 정비하고 강을 건너기 시작한다. 인간 다리를 놓으며 강을 건넌 일단의 부대가 강안을 확보한 다음 부교를 놓고 다 건너기까지 중원군의 저항은 없다. 부대가 키 높이로 자란 갈대숲을 절반쯤 빠져나왔을 때 갈대숲에서 일단의 전차들이 달려 나와 부대의 허리를 끊어놓고 사라져버린다.

부대별로 중원성으로 산개해 가는 내내 예상치 못한 지점에서 중원군의 매복 습격은 계속된다. 강을 건널 때

강 중간에서의 습격에 대비해 반대편 강안의 안전을 확보하고 신속히 건너고 매복에 대비해 갈대숲도 신속히 빠져나왔다 싶으면 그때 공격은 시작되곤 한다.

산을 오를 때는 계곡을 샅샅이 살피며 올라 고지까지 확보해놓고 나서도 본대가 나가면 돌을 굴리며 그 중간중간을 끊어놓기 일쑤다. 그들이 공격하고 어디로 숨는지조차 알 수 없다. 확실한 것은 배후에 적이 따라붙고 있다는 것. 그런 사실은 심리적으로 공포심을 주며 행군 속도를 더디게 한다.

열흘 만에 집결키로 했지만 선봉인 개 부대도 한 달이 다 되어서야 중원성 앞에 이른다. 이틀 후에야 전 부대가 다 도착하자 치우는 중원성이 내려다보이는 언덕에 사령부의 진을 친다.

치우는 푸른 기운을 잃어가는 초원을 바라본다.

'때와 장소를 가려 싸우라 했거늘. 저들이 그때와 장소를 가려 우리를 끌어들인 것 아닌가. 화공과 전차 부대의 기동력을 최대화하기 위한 때와 장소를 저들이 선점하려 하고 있구나. 그렇다면……'

13. 중원성에 이른 연합군

　치우는 정보 장군에게 먼저 중원성의 동태를 묻는다.

　"성벽 위에는 대뇌와 궁수, 그리고 장창병들로 물샐틈이 없습니다. 성안 군사들 소리는 들리지 않고 전차 달리는 소리만 요란합니다."

　성을 돌아서 판천으로 달려가고 싶지만 저 전차가 문제다. 헌원과의 결전에서 전차가 후방을 공격하면 진은 속수무책으로 흐트러질 것이다. 더구나 군사들은 저 전차에 이미 잔뜩 주눅 들어있지 않은가.

　"그렇습니다, 하느님. 일단 저 중원성을 함락하고 나서 판천으로 나아가야 할 것입니다. 우리 군사들의 사기는 높이고 적들의 사기는 떨어뜨리기 위해서라도 반드시 저 성은 깨뜨리고 나아가야 할 것입니다."

총군사로 참전하고 있는 바람이 치우의 속을 꿰뚫어 보듯 말한다.

"계획대로 우리 개 부족이 공성에 앞장서겠습니다. 실추된 명예와 군사들의 사기를 회복할 기회를 주십시오."

개 부족군을 통괄하고 있는 비장군 말에 제장이 앞다퉈 선봉에 서겠다고 나선다.

"나 또한 한시바삐 저 성을 넘어 판천으로 달려가 이 전쟁을 빨리 끝내고 싶소. 그렇지만 피해는 최소화해야 하니 내일 아침 일찍 사자를 보내 항복을 권유토록 합시다. 그리고 오늘 밤 중원성 안의 동태를 살펴 사자를 보내기 전까지는 반드시 보고하도록 하시오."

캄캄한 밤이 되자 대포는 돌 대신 사람을 넣은 둥근 대바구니를 중원성으로 쏘아 올린다. 중원성 안으로 투척된 정보군들은 밤새 성안 동태를 살피고 다닌다.

다음 날 아침 개 부대가 언덕을 내려가 중원성의 대포와 큰활 사거리 바로 밖에 진용을 갖춘다. 이어 흰 기를 세우고 말을 탄 사자가 앞으로 나아간다. 성문 바로 앞에 이르도록 성에서는 아무런 반응이 없다.

한 식경이 지나도록 아무런 응답이 없어 돌아서려는데 중원성의 문이 힘차게 열린다. 전차 부대가 위용을 자랑하며 천천히 나와 위압적으로 가로로 길게 늘어선 채 포진한다.

14. 황제의 아들 소호

"나는 중원성의 왕자인 소호다. 하늘의 아들을 자처하는 가증스러운 너희는 어찌 이 땅의 나라를 넘보고 내려와 하늘의 도를 내세우며 땅을 야금야금 먹어치우고 있는 것이냐. 그런 산도적 같은 짓거리는 그만두고 너희 산속으로 썩 물러가거라. 그렇지 않으면 이 전차 부대와 맹수 부대가 너희 몸뚱이를 갈가리 찢어 이 땅의 거름으로 뿌리겠다."

전차 두 대의 호위를 받으며 중원성의 사자 앞으로 천천히 다가온 소호는 전차를 탄 채 당당하게 말한다. 두 마리 말이 끄는 전차에는 마차꾼의 좌우로 각기 창칼과 활로 무장한 군사가 타고 있다.

"중원성 왕자라는 분이 어찌 그리 예의도 모르시오. 길 위에서 우연히 처음 만난 사람끼리도 예를 갖추거늘 하물며 이 중차대한 자리에서 말이오. 배달국 군사가 왕자님께 인사드리오."

새파랗게 젊은 소호의 무례와 건방에도 아랑곳하지 않고 바람은 말에서 내려 소호에게 사자로서의 예의를 갖춘다.

"우리 치우천황님의 말씀을 전하겠소. 지금 당장 성문을 열고 항복하면 아무도 다치지 않게 하겠소. 우리가 내건 조건을 받아만 준다면 우리는 당신들 땅의 풀 한 포기도 다치지 않게 하고 돌아가겠소. 조건은 단순하오. 황제가 이 땅을 다스리되 국경은 허물고 솟터도 복원해 유이민을 자유롭게 오갈 수 있게 하라는 것이오. 어떻소?"

"요술로 비, 구름을 불러 땅을 어지럽힌다는 네 이름은 들어 잘 알고 있다. 그러니 말도 안 되는 소리는 집어치우거라. 우리가 너희 산적 족속들을 위해 이 기름진 중원의 울타리를 왜 허물어야 되는지 내가 이해할 수 있도록 조목조목 일러보아라."

소호는 전차를 탄 채 계속 시건방지게 말을 받아친다. 바람은 국경과 부족 간의 울타리를 없애야 되는 이유를 말한다. 충분히 알아들을 수 있게 말하는데도 소호는 말꼬리를 질질 물고 늘어진다.

"가당치는 않지만 그대들이 무얼 원하는지 이제 충분히 알아들었소. 그러나 이런 일을 내가 결정할 것이 아니라는 것을 그대도 알 것이오. 황제 폐하께 고해 판단을 내려달라고 할 테니 기다리시오."

두 식경 가까이 이어진 회담 끝에 소호는 건방진 태도를 누그러뜨리고 반존대어로 고개를 끄덕이며 말미를 달라 한다.

전차 부대와 함께 중원성으로 들어가 다시 성문을 굳게 잠근 소호는 좀체 모습을 드러내지 않는다. 해가 설핏 기울도록 아무런 소식도 없다. 중원성과 헌원을 연결하고 있을 팔방조만 들락날락거린다. 해가 다 질 무렵에야 소호는 전차 부대와 함께 성 밖으로 나온다.

"황제 폐하께서는 그대들 조건을 받아들여 이 땅의 경

계를 결코 허물 수 없다고 했소. 그대들이 산으로 돌아가지 않으면 이 땅의 살아있는 모든 것, 그리고 나무와 풀과 돌들이 다 그대들을 짓뭉개 한 명도 살아 돌아가지 못하게 할 것이오. 그러니 썩 물러가도록 하시오."

15. 맹수보다 날랜 과보 부대

　바람은 이런 결과를 예견했으면서도 회담을 마치고 돌아오며 씁쓸한 기분을 억누를 수 없었다. 지연작전인 줄 뻔히 알면서도 예의상, 아니 명분상, 아니 예의도 명분도 아니게 이미 형식으로 굳어버린 이런 절차가 과연 필요한 것인지 의문스러웠다.

　성으로 돌아온 소호는 군사들과 말을 배불리 먹인 뒤 계획한 대로 철수를 지시한다. 짚으로 바퀴를 감싸는 등 전차가 굴러가더라도 소리가 나지 않도록 하고 말에는 재갈을 물린다. 맹수 부대는 연합군이 도착하기 전에 이미 성 남문 밖에 포진시켜 뒀다.

앞뒤 분간할 수 없는 깜깜한 밤이 되자 늙은이들로 구성된 성벽 수비대만 남기고 전차 부대와 돌팔매 부대, 그리고 경기병, 보병, 활 부대 등 소호의 정에 부대 전체가 철군을 시작한다. 북극성을 기준 삼아 남쪽으로 향하게 만든 지남차를 앞세우고 칠흑 같은 어둠 속에서 남쪽 성문을 빠져나간다.

마지막 군사까지 성에서 다 빠져나와 들녘으로 들어서 철군 속도를 올리려는 순간, 좌우에서 불화살이 나르며 이리 떼 같은 함성이 들녘을 가득 메운다.

어젯밤 공중으로 중원성에 투척되어 동태를 살피고 아침에 돌아온 정보군들로부터 보고를 받은 치우는 즉시 과보 부대에 성을 에둘러가 남문 밖의 풀숲에 매복하라고 명했다. 보고에 따르면 연합군 돌대포 공격을 피하려 성 안 벽에 바짝 붙여 포진하고 있는 2천여 대의 전차가 문제였다.

마고성 부족 중에서 북쪽으로 내려와 하늘같이 넓은 호숫가와 울창한 밀림 속에 정착한 족속이 과보족. 호랑이와 곰, 전차같이 돌진하는 들소 등을 사냥하며 살아온 과보족들은 말보다 더 빨리 달릴 수 있다. 눈과 귀도 어느 동물보다 예민해 연합군에서 척후 부대로 활동하며 선봉인 개 부대보다 은밀히 앞서나가고 있는 부대다.

남문 밖 풀숲에 몸을 숨기고 기다리고 있던 과보 부대는 들녘으로 사냥감들이 다 들어오자 칠흑 같은 어둠 속에 두 눈을 번뜩이며 중원군을 닥치는 대로 칼로 베고 도끼로 찍어 나간다.

적정 정탐에 실패해 중원국에 들어온 이래 본진이 내내 전차 부대의 습격에 시달리게 했다는 죄책감을 씻기라도 하려는 듯 밤새 중원군을 사냥해 나간다. 어둠과 풀숲에서 기동력 한번 제대로 발휘해보지 못하고 꼼짝없이 무력한 사냥감으로 전락해버린 소호는 인근에 포진한 맹수 부대에 구원을 요청한다.

그러나 그것이 결정적인 패착이 된다. 전차 부대와 함께 곳곳에 포진시켜 연합군의 허리를 끊으며 진군을 지연시키거나 결정적인 순간을 잡으면 절멸시키려 했던 그 맹수 부대가 과보 부대 앞에서는 말 그대로 사냥감에 지나지 않는다.

밤새 남쪽으로 내달아나 날이 밝을 무렵 1만의 군사 중 살아남은 자를 세어보니 백 명 남짓했다. 전차는 한 대도 보이지 않고 수만 마리의 큰곰, 작은곰, 호랑이, 표범 등 맹수가 한 마리도 보이지 않는다.

'아버지인 황제에게 인정받기 위한 싸움은 아니다. 중원국에 충성하기 위한 싸움은 더더욱 아니다. 치우의 대군을 맞아 중원의 전쟁 신으로 떠오르는 내 능력을 시험하기 위한 싸움에서 전멸이라니.'

그야말로 전멸이다. 그동안 신출귀몰하게 연합군 본진의 허리를 끊으며 병참부대를 습격해 세운 공이 일순간 물거품으로 사라진 것이 아니라 소호는 싸움에서 패한 자신에게 분개한다.

과보 부대의 전공을 보고받은 치우는 과보 장군에게 그대로 남문을 통해 성안으로 들어가 남은 병력은 무장을 해제시키고 성문을 열게 한다. 성벽 위에 마른 풀과 기름을 쌓아두고 연합군의 공격에 대비하고 있던 늙은 성민들도 뒤에서 쳐들어온 과보 부대의 위세에 눌려 항복하고 순순히 성문을 연다.

치우는 중원성을 돌볼 일단의 군사만 남기고 서둘러 판천으로 진군한다.

16. 갈증에 시달리는 연합군

중원성에서 판천까지는 지금까지 한 달간 진군해온 거리와 맞먹는다. 이 속도로 진군한다면 판천 들녘은 불씨 하나에도 불바다가 될 것이다.

후방에 따라붙으며 끊임없이 괴롭히던 소호의 전차 부대는 궤멸시켰지만 때와 땅을 유리하게 운영할 줄 아는 헌원이 또 어떤 꾀로 진군을 지연시킬 줄 모를 일이다. 치우는 과보 부대를 반나절 거리에 앞세우고 빠른 속도로 판천을 향해 진군해나간다.

헌원은 소호부대의 전멸에도 그다지 당황하지 않는다. 그 적은 부대로 20만 대군을 괴롭히며 이만큼 지연시킨 것만으로도 임무는 다한 것이다. 그러나 그렇게 무참히 몰살시킬 줄은 몰랐다.

'그래 너희 하늘의 자식이란 놈들도 우리 땅의 자식들과 다를 게 무엇이란 말인가. 명분을 내세우다 안 되면 똑같이 죽이고 죽거늘.'

소호 부대가 궤멸되자 중원군에서는 다시 그만큼의 부대를 증파해 소호로 하여금 지연작전을 계속 펼치게 한다. 소호는 퇴각하면서 내나 우물을 막아버리거나 독을 풀어 물을 마실 수 없게 한다.

중원성을 떠난 연합군은 갈증에 시달리면서도 열흘 만에 부산의 협곡이 멀리 올려다 보이는 판천에 이른다. 저 협곡 건너편이 탁록강이다. 그러나 그 큰 강에서 줄기를 치고 나와 판천의 들녘을 적시는 내마저 중원군은 막아버렸다.

치우는 부산의 맞은편 언덕에 사령부 막사를 세우고 길게 진을 친다. 부산의 헌원 진영을 올려다보니 빨강, 파랑, 노랑, 하양, 검정 깃발을 흔들어대며 계속 작전명령을 내리고 있다. 적이 얼마나 매복해 있을지 모를 저 협곡 안과 벌판 숲속의 부대들에 내리는 명령일 것이다.

그러나 지금 당장 필요한 것은 한 모금의 물. 나무껍질을 씹으며 버텨왔지만 이제 화공이 아니라 마실 물이 없어 속이 타죽을 지경이다.

"저 아래 풀숲엔 얼마나 많은 적이 매복해 있는지 모르겠습니다. 정탐을 내보낸 부하들 중에서 살아 돌아온 자가 한 명도 없으니 제가 직접 척후 부대 1천을 끌고 내려가 매복군들을 쓸어버리고 막힌 강줄기를 터놓겠습니다."

일단은 강줄기를 터놓아야 한다. 치우는 밀림이나 풀숲에서 단병전에 능한 과보 부대를 투입하기에 앞서 적의 매복을 흩트리기 위해 불대포, 돌대포를 쏘라고 한다. 지축을 쿵쿵 울리며 돌대포와 불길이 쏟아져도 혼비백산하여 흩어지는 매복군은 어디에도 보이지 않는다.

포사격이 끝난 후 과보 부대가 함성과 함께 칼과 도끼를 휘두르며 이리떼처럼 수풀 속으로 뛰어든다. 눈 깜짝할 사이 과보 부대 1천은 마른 강줄기에 집결한다. 좌우 양옆 수풀을 경계하며 마른 강줄기를 따라 빠른 속도로

10리 남짓한 거리에 있는 협곡을 향해 나아간다. 가득 매복해 있을 줄 알았던 적은 어디에도 보이지 않는다.

17. 연합군의 영웅 과보 장군

　　마른 강줄기를 따라 말보다 빠르게 달려 나간 얼마 후 과보 장군의 눈앞에 협곡이 보인다. 자세히 살펴보니 좁은 협곡을 막은 쇠가죽 둑이 보인다. 둑 양옆에는 중원군 군사들이 삼엄하게 지키고 있다.

　　강이라고 하기에는 너비 열 걸음 남짓의 시내에 불과하고 강바닥도 거의 평평해 수공은 할 수 없는 것으로 보인다. 화살도 피해 달릴 수 있는 과보 부대에 돌대포나 큰 화살도 위협이 될 수 없다.

　　"호랑이보다 날랜 나의 형제들이여! 바위 위의 산양이나 표범 사냥하듯 단숨에 달려 올라 저 보루를 깨부수자. 저 쇠가죽 둑을 찢고 저 강물을 다 들이켜 갈증을 풀

자. 돌격!"

과보 장군의 명이 떨어지고 우렁찬 함성과 함께 전군이 돌격해 나가자 둑이 터지며 물이 쏟아져 내린다. 무릎께까지 차오른 물에 과보 부대의 돌격 속도가 무뎌지자 머리 위에서 커다란 그물들이 쏟아져 내린다.

협곡 위에서 돌대포로 쏜 그물들에 갇힌 과보 부대의 위로 이번엔 돌대포와 화살이 쏟아진다. 이어 어디 숨어 있었는지 뒤에서 맹수 부대가 달려들어 물고 뜯는다. 그렇게 과보족의 날랜 군사들은 물 위에 쓰러져 갈증 난 목을 적시며 돌과 화살에, 그리고 맹수의 밥이 되어 죽어간다.

81개 부대의 한 장군으로서 치우와 같은 황소 뿔 달린 청동 투구에 철갑옷을 입은 과보 장군은 빗발치는 화살을 뚫고 보루를 향해 올라가며 달려드는 적을 도륙낸다. 칼로, 박치기로 적을 박살 내가며 터진 둑 위로 막 오르려는 순간 위에서 던진 그물에 그만 걸리고 만다.

옴짝달싹 못 하게 된 과보 장군에게 창이 날아든다. 무수한 창에 찔린 과보 장군을 중원군들은 그물째 보루로 끌고 간다.

"네가 야수보다 더 야비하다는 사냥꾼 족장이자 치우의 형제인 과보로구나. 중원성 남문 밖에서 벌어진 그 일을 생각하면 너의 뼈를 갈아 먹어도 분이 풀리지 않을 것이다. 내 네 목을 쳐 이 부산 꼭대기에 달아 그날 밤 당한 내 부하들과 맹수들의 원혼을 달래려고 한다. 마지막 사람의 정으로 물 한 동이 줄 테니 실컷 마시고 너희 하늘 것들이 원하는 대로 저 하늘의 별로 다시 뜨거라."

어서 이 순간이 오기를 바라며 쇠가죽으로 강물을 막아놓고 보루를 지키던 소호는 부하를 시켜 물 한 동이를 떠오게 한다. 과보 장군이 숨을 헐떡이며 자신보다도 더 큰 동이의 물을 다 마시고 나자 소호는 마지막으로 한마디를 남기게 한다.

해 떠오르는 저 동쪽 바다까지 달려가

부글부글 끓어오르는 바닷물 다 마시고

해 지는 곳 어디인가 온몸으로 알아보려

해 따라 온 세상 한 바퀴 뛰어 돌았거늘

오호라, 주마간산에 부는 바람이더라

산은 산이요 바다는 바다요 나는 나더라

아니더라 산도 바다도 나도 다 언뜻 부는

바람이더라 세상은 주마간산 바람이더라

"물맛 참 좋구려. 고맙소. 이 땅에도 옛 마고성의 신선 같은 세상을 열려 했는데 그것을 이루지 못하고 가니 애통하지만 이 또한 하늘의 뜻 아니겠소. 저 별나라에서 내가 할 일이 있어 부르고 있을 터이니……. 그대들 스스로 강줄기를 터뜨리게 해 내 형제들이 갈증을 해소할 수 있게 됐으니 이 땅에서 나의 소임은 이제 끝난 것 같소."

말을 마치고 과보 장군이 머리를 숙이며 목을 길게 빼자, 뭔가 말을 하려다 말고 소호가 청동검을 번득이며 목을 친다. 백정의 도끼질에 쇠머리 굴러떨어지듯 과보 장군의 머리가 투구 쓴 채로 떨어지며 나뒹군다.

분수처럼 솟구치는 핏줄기가 햇살을 받으며 무지개로 피어난다.

'그래. 네 살아 소임을 다한 줄 알고 원대로 저 하늘의

별이 되거라. 이미 강물은 다시 막아 판천 들녘으로 한 방울도 흐르지 않게 하였거늘.'

소호는 잘린 과보 장군의 목을 투구째 부산 꼭대기에 내건다. 사방에서 그걸 본 중원성 군사들의 사기가 충천한다. 쇠뿔이 그려진 치우기만 보아도 아닌 밤 중에 흉물스러운 도깨비 만난 듯 기겁하던 그들이었다.

그런 치우가 소호 장군의 칼에 목이 잘려 저렇게 내걸렸으니 이제 그들은 중원성 군사들의 눈에 하늘의 군대도, 도깨비 귀신도 아닌 오합지졸로 비친다.

18. 야간 상륙작전

　　탁록강은 배달국의 높은 산 만년설에서 발원해 중원
국의 북부를 흘러내리는 장강. 부산 협곡을 계속 깎아지
르며 누런 황토색 큰 물결을 이루며 판천을 둥글게 감싸
고 동서로 흐르는 이 강에 한밤중 끝을 알 수 없을 정도로
긴 뗏목이 강물을 따라 조용히 미끄러져 내려온다.

　　척후 부대가 전멸했고 과보 장군이 영웅적인 최후를
마쳤다는 소식을 접한 치우 진영은 침울하다. 판천 들녘
의 대결전, 그 서전에서의 참패가 못내 찝찝해 군사들의
사기를 떨어뜨리고 있다.

　　지형도 낯선데다 적의 동태도 모르고 돌격하면 상당

한 위험이 있는 줄 뻔히 알면서도 물을 위해 과보족은 용맹스럽게 돌격했다. 진군의 길과 물길을 트기 위해.

치우는 어젯밤 하늘의 별을 보고 과보 장군의 죽음을 예견했다. 중원성 남문 밖에서 소호의 전차 부대를 궤멸시킬 때 북쪽 하늘에서 그토록 빛났던 그 큰 별이 어젯밤에는 꺼져가고 있었던 것.

'마고성에서 맨 먼저 내려온 부족의 큰형인 그대. 이 아래 세상에서 하늘의 도가 물처럼 흐르게 하는 천년 복지의 나라를 만들려 노력해온 형님, 편히 가시라. 내 환고복본還古復本의 뜻으로 기필코 그런 나라를 이 땅에도 세울지니.'

치우는 중원성을 출발하며 일단의 병력을 빼내 탁록 강 상류의 밀림 지대로 가 뗏목을 엮게 했다. 한 떼에 1백 명씩 탈 수 있게 1백 10개를 엮어 벅수군 선단과 합류하도록 했다. 배달국의 수상 물류를 책임지고 있는 수상 벅수군은 어느 물길이든지 눈 감고도 훤히 갈 수 있다.

뗏목에는 수륙전에 능한 개 부대 1만 보병과 호랑이 5백 마리가 타고 노와 삿대는 벅수군이 잡는다. 맨 앞 뗏목에서는 헤엄에 능한 척후군들을 보내 계속 강 안쪽을 살피게 하며 야음을 틈타 강심을 조심스레 흘러 내려간다.

전방의 공격에만 대비하는지 후방의 강가는 불빛 하나 없이 조용하다. 계속 척후군을 보내 살피던 개 부대는 상륙을 위해 조심스럽게 강가로 접근한다. 강가에 거의 다다라 호랑이 부대를 풀어놓으려는 순간, 풀숲에서 불화살이 불꽃놀이 하듯 쏟아진다.

"모두 물속으로 뛰어내려 최대한 빨리 강가로 헤엄쳐 가라."

야간 상륙작전이 들통 났음을 깨달은 개 부대장은 즉시 푸른 불꽃이 이는 화살을 하늘을 향해 쏘아 올린다.

개 부대 군사들과 호랑이 부대 군사들은 강물 속으로 뛰어들어 부산 쪽으로 헤엄쳐간다. 그러나 펑펑 소리와 함께 강물에서 기름과 유황 냄새가 코를 찌른다. 중원군이 대포로 기름이 가득 찬 동이를 쏘아대 강 전체가 활활 타오른다.

기름과 유황 냄새는 금세 호랑이 털과 사람 살 타는 냄새로 바뀐다. 불길을 뚫고 강 언덕에 기어오른 군사와 호랑이 부대원들은 큰곰 부대원들의 앞발에 갈가리 찢기며 먹이가 되어간다.

밤하늘을 가르며 푸른 불꽃 화살이 오르는 것을 보고 치우는 적 후방의 야간 기습상륙이 실패로 끝난 줄 안다. 그렇게 그날 밤 후방 전투도 연합군의 처절한 궤멸로 끝난다.

대낮의 정공법도, 한밤중의 야습도 모두 실패로 돌아간 것이다. 적의 작전을 모르는 체하며 역이용할 정도로 중원군의 정보력도 만만치가 않다.

'우리 부대의 일거수일투족은 이미 다 노출되어 있고 헌원은 우리 머릿속에 든 전략까지 이미 다 꿰뚫고 있다. 그럴수록 정공법을 취해야 할 것이다. 저들이 때의 이점을 얻기 위해 지연작전을 쓴다면 우리도 거기에 따라 때를 우리 편으로 만들어야 할 것이다. 인간의 제 꾀에 제가 넘어가도록.'

19. 제 꾀에 제가 넘어가고

'하늘의 아들이라는 치우여! 이제 알겠는가. 이 땅의 힘을, 이 땅의 황제인 이 머리를. 저 염제도 하늘의 아들이라며 변하는 땅의 인심을 나 몰라라 하며 하늘의 명분만 내세우다 이 땅에서 쫓겨났거늘. 우주 만물 운행의 이치는 알면서도 사람 마음 변화와 이 땅 역사의 운행에는 왜 눈을 감는 것인고.'

헌원은 땅과 하늘이 나뉜 이래 최초의 전쟁 주도권을 하늘이 아니라 자신이, 땅이 쥐고 있다고 확신할 수 있는 것이 무엇보다 기쁘다.

"식수 문제를 해결하는 것이 급선무요. 강 상류에 머무르고 있는 벽수군과 함께 본진으로 물을 실어 나를 수 있는 길을 열도록 하시오."

　다음 날 아침 치우의 명령이 떨어지자 철기군 1천은 1백 대의 마차를 양옆에서 호위하며 본진 후방 언덕을 내려와 수풀을 뚫고 나아간다. 앞에서는 척후 부대 1천이 매복하고 있는 적군이 있는지 알아내기 위해 풀숲을 샅샅이 뒤지며 나아간다. 벽수군이 모는 마차는 말 네 마리가 2열로 끄는 대형마차. 보병을 전장으로 신속하게 이동시키거나 식수나 화살 등 군수물자를 수송하는 데 쓰는 마차다.

　본진 후방을 우회해 벽수군의 수상 병참부대가 진을 치고 있는 강 상류까지는 말 타고 한나절 거리. 마차가 다 도착한 즉시 척후 부대는 왔던 길로 되돌아가며 주요 거점마다 포진해 수송로를 장악한다.

　헌원은 연합군의 이러한 물 수송 작전을 예견하고 길목에서 멀리 떨어진 언덕 뒤에 척후군에게 노출되지 않게 전차 1천 대와 돌팔매군 1천 명을 매복시켰다. 수송로를 확보하고 있는 척후 부대를 감쪽같이 해치우고 이 사실을 모르고 올 철기군과 물 수송단을 몰살시키라 했다.

물 수송로에 5개 거점을 마련하여 2백 명씩 지키고 있는 것을 확인한 중원군 매복 부대는 이에 따라 5개 부대로 나뉘어 연합군의 척후 부대 뒤로 돌아가 매복해 있다가 일시에 궤멸시키기로 한다. 신호는 물 수송로 확보를 알리는 전령을 처단하고 쏘아 올리기로 한 푸른 불꽃 화살.

밤이 깊을 대로 깊어가는 데도 신호는 좀체 오르지 않는다. 잠시 후면 미명이기에, 눈 밝은 과보 부대 척후군들에게 발각되어 야간 기습에 실패할까 봐 초조해진 전차 부대 대장이 신호를 쏘아 올린다. 동시에 전차와 돌팔매군들이 뛰쳐나간다. 그러나 거점들은 텅 비어 있다.

텅 빈 거점에 전차들이 빼곡히 모여 멈춰 선 순간 과보 부대가 달려들어 사냥하듯 전차 부대를 해치우기 시작한다. 줄에 매단 돌을 던져 말 탄 기병을 쓰러뜨리며 자신의 기마대와 전차 부대의 승리를 이끄는 돌팔매군은 근접전에는 아무 쓸모없다. 달아나는 전차와 군사들은 철기군이 에워싸며 몰살시킨다.

서서히 날이 밝아올 때까지 일방적인 도륙은 계속된다. 날이 밝아 전황을 살피니 중원군 3천의 전차군과 1천

의 돌팔매군은 머리가 박살 나거나 목이 잘리거나 창에
맞은 채 널브러져 있다.

한 명도 살아 도망칠 수 없게 파놓은 함정에 자신들이
걸려들어 전멸한 것이다. 대신 1천 대의 전차와 말들은 연
합군이 당장이라도 몰 수 있을 정도로 멀쩡하다.

20. 천문을 읽는 치우

치우는 철기군을 물 보급로로 보내고 나서 전황을 보고 받는 사이사이에 캄캄한 밤하늘을 쳐다본다. 유난히 빛나며 반짝이는 북쪽 하늘 별들에 비해 남쪽 별들이 물먹은 듯 끔벅이며 희미한 빛줄기를 북쪽으로 뿌리고 있다.

"치우천황님, 며칠 후면 큰비가 내릴 것 같습니다. 그러면 식수난도 자연스레 해결될 것 같고요. 그러나 남쪽 하늘 끝에서 희미하게 떠오르고 있는 저 별이 문제일 것 같습니다."

밤하늘을 바라보고 있는 치우에게 남쪽 하늘을 가리

키며 바람이 말을 건넨다. 천문을 능히 읽으며 하늘을 연합군 편으로 만드는 작전을 잘 구상할 수 있기에 구름은 총군사에 오를 수 있었다.

"그렇군요, 군사님. 마지막 장마가 그치고 나면 곧이어 들녘을 다 태워버릴 정도의 한발이 들겠군요. 한 해의 운행이 그렇듯이 올해도 예년과 똑같이 가겠군요."

치우가 바람이 가리키는 남쪽 하늘 끝을 바라보며 말한다.

치우와 바람이 하늘을 바라보고 천문을 읽으며 전략을 짜고 있을 때 전령이 물 수송로의 완승을 전한다. 어둠을 쓸어내며 하늘이 희붐하게 열려온다.

해가 중천에 이르렀을 무렵 철기군의 호위를 받는 물 마차가 긴 줄을 이루며 달려오자 연합군 진영에서는 갈대 같이 말라 터진 소리로 "치우천황님, 만세"를 합창한다. 1백 대의 물 마차를 한 부대에 한 대씩 돌려 일단 타는 목부터 축이게 한다.

오랜만에 물을 마시고 제대로 된 점심 식사를 끝낸 연합군 본진이 천천히 진군하기 시작한다. 철기군을 앞세우고 뒤로 경기병과 장창병과 활 부대, 그리고 칼과 도끼 등으로 무장한 보병과 소들이 끌고 군사들이 미는 대포가 따른다.

한 식경 남짓 지난 뒤, 전선에 도착한 본진은 진용을 갖추고 전방 수풀을 향해 예전과 같은 포사격을 가한다. 포사격이 끝나면 척후 부대와 방패로 무장한 보병들이 활 부대의 엄호를 받으며 마름쇠를 제거해 나간다.

"이제 한번 제대로 물어뜯으며 그동안 당한 분풀이를 하려 했는데 이렇게 마름쇠나 줍고 있다니. 우리 개 부대 신세가 딱하게 되었네 그려."

"누가 뭐랬나 그려. 근데 우리 개 부대가 생기고 나서 이런 창피한 꼴은 처음일 것일세. 돌격 부대가 야간 기습에 손발 한번 못써본 채 당하고 도망가고, 이런 이삭 줍듯 마름쇠나 줍는 꼴은 말이여."

"아무래도 이 중원성 놈들은 잔꾀가 많은가 봐. 우리 치우천황님의 머리 위에서 놀고 있단 말일세."

개 부대 군사들이 마름쇠를 주우며 투덜거린다. 수풀 속에 우박 쏟아지듯 뿌려 놓은 마름쇠 때문에 그렇게 투덜거리며 갈 정도로 행군은 더딜 수밖에 없다. 간간이 쏘아대는 조명탄에도 불구하고 밤이면 또 전차 부대가 나타나 연합군 진영을 휘저어놓곤 한다.

잔뜩 흐려지던 하늘이 드디어 장대비를 쏟아붓기 시작한다. 장대비 속의 행군은 더욱 더딜 수밖에 없다. 풀숲을 뒤져 마름쇠를 제거하며 나아가기도 어려웠는데 이번엔 발목까지 차오르는 물속의 마름쇠를 찾느라 엉금엉금 손발로 물고기 잡듯 더듬어나가야 한다. 빗속이라 그런지 야간 전차 기습은 없다.

하늘이 터진 듯 퍼부은 비는 사흘 만에야 그친다. 저 앞의 부산과 저 뒤의 연합군 사령부 뒷산에 갇힌 물은 좀체 빠져나갈 데가 없는 듯 판천 들녘의 전체를 무릎까지 차오르는 거대한 호수로 만들어버린다. 장마에 말끔히 씻긴 해는 더욱 뜨겁다. 쨍쨍한 햇살 아래 물속을 반나절만 걷고 나도 얼굴과 등이 발갛게 탈 정도다.

데일 듯 뜨거운 햇살 아래 물속을 더듬거리며 사흘째 진군하던 날. 부산과 협곡이 한눈에 들어오는 데까지 선봉대는 나아간다. 선봉대는 일단 거기서 멈춰 삼엄하게 경계를 편다. 본진이 도착하고 나서 연합군 전체는 상 중 하 3군, 각 부대는 전, 후, 좌, 우, 중 5군의 본격적인 대규모 진용을 편다.

판천에 들어서서도 말 달리면 반나절 거리인 중원군 본진과 대적하기까지 열흘이 걸린 것이다. 계절은 이미 가을로 접어들어 풀들은 누렇게 타들어가기 시작한다.

연합군은 진용을 갖춘 채 천천히 진군해간다. 빠질 것 같지 않던 물도 거의 다 빠지고 증발해 발바닥에 찰박거릴 뿐이다.

부산 협곡에서는 북과 징, 꽹과리 소리와 수천 대의 전차 내닫는 소리가 들려온다. 협곡에 반사되어 우레처럼 우르르 쾅쾅 내리치는 그 소리는 연합군 사기를 떨어뜨리기에 충분하다.

그런 소리와 함께 부산 협곡 아래서 장창보다도 더 길고 큰 화살이 번개같이 날아들기 시작한다. 선봉 부대의 방패를 뚫고 들어온 화살이 군사 두어 명씩의 가슴을 꿰어 나가떨어지게 한다.

협곡 아래로는 끝을 알 수 없게 늘어선 중원군 전차 부

대의 창검이 번뜩이고 있다. 드디어 하늘과 땅의 대결전

이 시작된 것이다.

21. 철기군과 전차 부대

자기 키만한 방패를 들고 횡대로 진군하던 보병들은 큰 화살이 날아들자 즉시 흩어지며 방진을 갖춘다. 그와 함께 협곡을 향해 포대는 일제히 돌포탄, 불포탄을 뿜어 댄다. 중원군 진영에서는 포격은 하지 않고 큰 화살만 계속 쏘아댄다.

연합군 대포들이 협곡을 깨뜨리며 불바다로 만들자 큰 화살 공격이 주춤해진 사이 철기군과 과보 부대가 큰 화살을 피하며 뛰쳐나가기 시작한다. 염제 또한 저 소리에 무너졌거늘, 저 소리부터 깨부숴야 한다.

그와 함께 협곡에서도 돌팔매 부대와 전차 부대가 화

염과 돌포탄을 뚫고 달려 나온다. 돌팔매에 맞아떨어지는 것도, 전차의 화살과 장창질에도 아랑곳하지 않고 5천의 철기군과 5천의 과보 부대는 그대로 전차 부대를 지나쳐 협곡을 향해 질주한다.

적이 맞닥뜨리지 않고 눈 깜빡할 사이에 그냥 스쳐 지나가버리자 전차 3천 대와 돌팔매군 1만과 함께 돌진하던 소호는 주춤한다. 소호는 '이게 아닌데, 판천 들녘을 이리 빨리 내주어서는 안 되는데……'라는 생각을 하면서도 "돌격 앞으로!"를 외친다.

이제 후방에 철기군을 두게 된 이상 신속히 적진 깊숙이 들어가 진영을 흩트리며 마지막까지 싸울 수밖에 없다. 철기군들은 비오듯 쏟아지는 화살을 뚫고 협곡 아래로 달려가 아직도 코앞에서 화살을 날리고 있는 활 부대를 쓸어버린다.

위에서는 계속 기름을 쏟아부으며 협곡의 입구를 불바다로 만들어 협곡에 들어서지 못하게 막고 있다. 과보 부대는 바위 위를 날듯이 올라가 이 바위 저 바위를 뛰어다니며, 바위와 불을 굴리며 저항하는 중원군을 격파해

나간다.

철기군들은 화염 속을 뚫고 달려 들어가 북과 꽹과리 부대를 깨부수며 계곡을 빠르게 빠져나간다.

연합군의 방진을 돌파해 들어간 소호는 그물에 걸려 들었음을 직감한다. 굳게 쌓은 성벽같이 방패로 둘러쳐진 방진이 수백, 수천 개는 된다. 마차 한 대가 겨우 달릴 수 있는, 골목길 같은 그 방진 사이사이로 마차들이 뿔뿔이 빨려들고 있다.

돌팔매군들도 돌팔매를 던질 곳이라곤 없다. 전차로 돌진해 들어가면 방패를 열어 들어오게 해 안에 가두어 박살 내버리곤 한다. 이러지도 저러지도 못하고 사이사이를 달리고만 있을 때 방진에서 방패 위로 큰 쇠그물들이 던져져 전차를 통째로 덮쳐버린다.

군사들과 전차들이 쇠그물에 걸리자 군사들은 저항하다 죽기도 하고 그대로 포로로 잡히기도 한다. 소호는 끝까지 싸우다 죽으려 했으나 그러면 그럴수록 점점 옥죄어오는 쇠그물에 결국 생포되고 만다.

부산 반대편의 협곡 아래는 붉은 황토 강물이 쿨렁쿨

렁 흐르고 있다. 평소에는 드넓은 갈대숲이 펼쳐졌으나 불어난 강물이 갈대숲을 휩쓸며 흘러가고 있다. 강가를 따라 급한 물살에 떠내려가는 긴 뗏목 행렬이 보이고 먼 눈에는 반대편 강가를 향하는 큰 뗏목들이 강 한가운데에서 출렁이며 흘러가는 모습이 보인다.

일단의 철기군들은 달려가 떠내려가는 뗏목을 붙잡아 다시 메어놓는다. 1만의 철기군은 소부대로 나뉘어 협곡에서 퇴각하는 중원군의 길목을 막고 있으나 그런 패잔병은 거의 눈에 띄지 않는다.

22. 중원의 전쟁신 소호

헌원은 비가 그치자마자 본진의 대부분을 철수시켰다. 아니 처음부터 판천이 아니라 강 건너 탁록에서 마지막 결전을 치르려고 주력 부대의 대부분은 그곳에 주둔시켰다. 치우 또한 헌원의 그런 속내를 꿰뚫고 있었다. 판천의 전투는 탁록에서의 대결전을 위한 때를 맞추기 위한 지연작전임을.

"지략도 뛰어나고 용맹은 따를 자가 없어 중원에선 전쟁신으로 떠받드는 그대가 왜 직접 선봉에 나서 이리 희생양이 된 것이오?"

꽁꽁 묶여 끌려온 소호의 포박을 풀어주고 나서 치우

가 묻는다.

"전장에서 당당하게 맞서 가증스러운 하늘의 전쟁신이라는 너의 신화를 베어버리려 했는데, 분하구나. 더 이상 치욕스럽게 하지 말고 어서 내 목을 베어 너희의 그 잘난 하늘에 매달아다오."

앞에서 꼿꼿이 서서 막말을 해대는 꼴을 참지 못한 참모들이 윽박지르며 소호를 무릎 꿇리려는 것을 막으며 치우는 다시 묻는다.

"왜 선봉에 나섰는지, 이리 당할 줄 알면서도 선봉으로 내세운 그대의 아버지가 원망스럽지 않은지는 묻지 않겠소. 단 하나만 묻겠소. 그대는 이 세계가 하늘과 땅이 따로 따로 갈린 두 개인 세상이라 보오, 아니면 합쳐진 하나의 세상으로 보오?"

"그대 말대로 그 어떤 대답도 당신들과 말을 나눈 게 돼 내겐 수치스러운 것이 될 것이오. 단 하나, 이것만은 말하겠소. 우리 땅의 사람들에겐 아버지가 당신들이 생각하는 하느님이오. 그 밖의 하늘은 구름 위에 떠 있는 것, 그 형상일 뿐이오. 우리를 낳고 기르고 거둬들이는 땅이 우리 아버지이고, 아버지가 곧 땅인 것이오."

소호는 참모들을 제지하는 배려, 자신의 가슴속을 들여다보는 듯한 형형한 눈빛에 감동했는지 이번엔 반올림 말로 답한다.

"고맙소. 이만 됐소. 그대 말대로 아버님과 땅이 준 몸이니 그대 뜻대로 함부로 해하려 하지 마시오."

'왜 모르겠는가, 그대 마음을. 그대 또한 그대를 두려워하고 어리석은 그대의 배다른 동생만 총애하는 아버지의 마음을 왜 몰랐겠는가. 그러면서도 땅의 나라를 위해 자신을 희생해 선봉에 선 그대 소호여 그대의 용맹은 이미 우리마저 감동시키고 그대의 소명은 이미 다 이뤄 우리를 이리 지연시켰거늘.'

치우는 편히 쉴 수 있도록 하라며 소호를 데리고 나가게 한다.

소호는 자신에게 말하고 있는 치우의 눈빛을 보는 순간 자신이 대답하든 안 하든 이미 심중의 말을 듣고 있다는 것을 직감적으로 알아챈다. 정예 철기군을 격퇴하고 부리나케 강 건너 탁록으로 퇴각해 진정한 전쟁의 신

은 자신임을 천하에 드러내려 한 섣부른 영웅심까지 읽

었을 것이다.

23. 바뀐 바람의 방향

강 건너 탁록으로 퇴각한 중원군은 강 언덕에 길게 포진한 채 적의 상륙을 미리 감지하려 정탐선을 띄워놓고 대비하고 있다. 금방이라도 도강할 것 같던 연합군은 그러나 사흘째나 머무적거리고 있다.

"장군님, 드디어 나타났습니다. 강 상류에서 뗏목이 계속 떠내려오고 있습니다."

배를 타고 정탐하고 있던 척후군이 상륙 방어를 책임진 장군에게 보고한다.

"그래, 철기군도 타고 있더냐? 뗏목의 길이는 얼마나 되더냐?"

"캄캄해서, 그리고 적에게 절대 들켜서는 안 된다는 명령에 따라 가까이는 못가 병력은 확인할 수 없었습니다. 그러나 뗏목은 끝없이 길게 강 한가운데를 떠내려오고 있습니다."

"그래 알았다. 즉시 정탐선으로 돌아가 살피며 수시로 보고하도록 하라. 절대 그들에게 들켜서는 안 된다."

보고를 받은 장군은 강가에 길게 늘어선 부대들에 적이 좀 더 가까이 올 때까지 절대 선제공격하지 말라고 지시한다. 남동풍이 부는 계절이어서 바람을 타고 날아간 불화살이 뗏목을 활활 태우며 적들을 모두 수장시킬 순간을 기다리려는 것이다.

그러나 적의 뗏목은 좀체 강가로 접근하려 하지 않고 강 한가운데로만 천천히 떠내려간다. 이쪽 진의 길이에 맞춰 길게 펼쳐져 상륙할 것이라 생각한 장군은 어서 다 떠내려가 강가로 접근하기만을 득의양양하게 기다리는 순간, 강 한가운데로부터 불화살이 날아오르기 시작한다. 수없이 날아오르는 불화살들이 마치 강 한가운데를 가르는 붉은 줄 같다.

'저놈들이 미쳤나, 아니면 사흘간이나 기다리다 보니 하도 심심해 수상 불꽃놀이라도 하는 것인가?' 하고 생각하는 순간, 하늘로 치솟은 불화살들은 자기네 쪽 강가를 향해 날아온다.

'아무리 큰 활이더라도 바람을 타고 날아가는 자기네 쪽 화살도 닿지 못할 거리인데 맞바람에 저 화살들이 설마……'라고 생각하는 순간, 장군은 자신의 긴 수염으로 바람의 방향이 바뀐 것을 감지한다. '아뿔사, 이럴 수가. 이건 북서풍이 아닌가.'

강 한가운데서 강한 북서풍을 타고 날아온 불화살들은 강가를 따라 길게 늘어선 중원군 진영으로 날아든다. 장마가 끝난 뒤 계속된 폭염에 갈대며 풀들은 이제 불씨 한 톨에도 타오를 만큼 충분히 말라 있다.

강가는 금세 불로 뒤덮었다. 여기저기서 털과 살이 타는 냄새가 메케하게 바람을 타고 흩어진다.

강가 갈대숲에 포진해 화살을 뚫고 상륙하려는 호랑이 부대와 철기군, 보병을 갈기갈기 찢어 놓으려는 큰곰 부대가 불 속에서 펄쩍펄쩍 뛰며 타들어가 죽거나 앞 강물 속으로 혹은 뒤로 튀어 달아나기 시작한다.

강 언덕에 포진한 큰 활 작은 활 부대, 그 뒤의 대포 부대들은 온몸이 타오르며 뒤돌아 달려드는 곰들에게 짓이겨지거나 북서풍에 달려드는 불길에 휩싸이며 타 죽어간다. 그렇게 중원군의 상륙 방어 부대는 화공에 궤멸되어간다.

'때를 땅의 편으로 만들려 그리 애썼는데. 그 때를 가지려 아들 소호를 하룻밤 한나절만 버텨줄 희생양으로 삼았는데. 이 무슨 바람이란 말인가. 지금은 가을인데 겨울에야 불 북서풍이 왜 분단 말인가?

헌원은 불길한 징조를 기억에서 애써 지우며 다시금 전의를 불태운다.

24. 코끼리 부대와 과보 부대

　강심에 길게 늘어서 큰 활로 화공을 퍼붓고 난 뗏목들은 이제 강 양쪽을 잇는 다리로 바뀐다. 타들어가는 강가에 내린 곰족 활 부대가 불길 속에서 뛰쳐나올 곰이나 중원군의 공격을 엄호하는 가운데 말뚝을 박고 굵은 밧줄로 뗏목을 흔들리지 않게 매어놓자 판천 쪽 강가에서부터 철기군을 선두로 해서 선봉대가 건너오기 시작한다.

　선봉대가 건너와 진용을 다 갖추고 나서야 여명이 서서히 밝아온다. 날이 새자 언제 서북풍이 불기라도 한 것이냐고 묻기라도 하는 듯 다시 남동풍이 불기 시작한다. 탁록벌을 반쯤이나 태웠을 불길은 바람이 다시 반대쪽으로 불고 빗발까지 뿌려지자 잡히기 시작한다. 불길 대신 남동쪽으로 가득히 검은 연기만 피어오르고 있다.

본진이 속속 뗏목다리를 타고 강을 건너오는 가운데 선봉대는 진용을 연기 속에 감추고 진군해나간다. 선봉대가 모두 연기에 휩싸인 순간, 앞쪽에서 '쿵쾅쿵쾅' 하고 땅이 꺼지는 소리가 들려온다. 중원 남방 부족의 코끼리 부대가 연기를 타고 일제히 정면으로 달려든다.

집채만 한 코끼리가 돌진하자 철기군의 진용도 속수무책으로 흐트러진다. 철기군 진용을 뚫고 들어온 코끼리 부대에 선봉대는 창 같은 상아에 받히고, 휘두르는 코에 나가떨어지며, 달구질하는 발에 뭉개지고, 등에 탄 병사들의 활과 창검에 무너져간다.

짙은 연기 속에서 코끼리들이 내지르는 성난 소리와 죽어가는 군사들의 비명밖엔 들리지 않는다.

이때 자욱한 연기 속으로 돌진해 들어오는 중원군 전차의 바퀴 소리와 군사들의 함성이 들린다. 남동쪽으로 방향을 맞춘 지남차를 앞세운 전차 부대는 그대로 돌진해 들어와 선봉대 후방을 치기 시작한다.

때를 맞춰 연합군의 호랑이 부대와 과보 부대가 연기 속으로 들어가 코끼리 부대와 맞선다. 호랑이와 과보 군사들은 날듯이 뛰며 코끼리 위에 탄 병사들을 제압해나가고 코끼리의 숨줄을 죄며 무릎을 꿇린다.

호랑이와 코끼리, 전차와 철기군, 군사와 군사들이 맞서 물고 뜯고 박고 찌르고 베고 하는 싸움이 한참 계속되다 걷혀가는 연기 사이로 중천에 떠오른 해가 보이자 중원군은 퇴각한다.

연기가 다 걷히자 풀이 탄 재 위에 수천, 수만 군사들과 호랑이, 코끼리들이 널브러져 있다.

상군의 선발대로 나선 철기군의 엄호 아래 연합군 본대는 점심 무렵에야 연기가 걷힌 탁록벌에 진을 펼친다. 뜻하지 않은 야간 기습, 그것도 꿈에도 생각하지 못한 풍향이 바뀐 바람에 되레 화공을 당해 혼비백산했던 중원군도 아침나절 연기 속에서의 혈전으로 시간을 벌고 사기도 북돋워 진용을 수습해 나간다.

25. 연합군과 중원군 간의
본진 격돌

한밤중에 돌연한 북서풍을 맞아 타오르기 시작한 불길은 낮은 구릉이 시작되는 잡목림 앞까지 5리가량을 태웠다. 연합군 본대는 불에 탄 벌판에 5군으로 나눠 진을 쳤다.

중원군은 맞은 편 구릉 위, 아래에 철저히 요새화된 진을 펴놓고 기다리고 있다. 하늘과 땅이 나뉜 이래 최대 규모의 군사와 맹수들이 오로지 싸움을 위해, 상대를 죽이려 한곳에 모인 것이다.

"그대 소호는 돌아가 우리 뜻을 그대 아버님께 전하시오. 나라와 부족 간의 경계를 허물고 중원이 염제 이전으로 돌아간다고 약조하면 우리는 군사를 되돌릴 것이오.
그리고 그대들의 중원 지배권도 그대로 인정하겠소. 돌
아가 어버이에게 받은 몸 상하게 하지 않길 바라오."

"황제 폐하께 그대로 전하겠소. 이미 한번 패해 죽어
야 했을 몸이니 어떤 경우에든 나는 이 싸움에 나서지 않
겠소."

소호가 말을 타고 중원군 진영으로 돌아가고 나서 얼
마 지나지 않아 맹수 떼와 돌팔매 부대를 앞세운 전차 부
대가 지축을 뒤흔들며 새까맣게 돌진해온다. 뒤이어 기
병, 보병, 활 부대, 대포 부대 등 중원군의 본진이 진용을
갖추어 연합군을 모조리 짓밟고 넘실거리는 황토 물살에
처넣을 기세로 밀고 나오기 시작한다.

맹수 부대가 사정권 내로 들어오자 연합군 대포와 큰
활이 일제히 발사된다. 동시에 호랑이 부대를 앞세우고
철기군과 과보 부대가 쏜살같이 달려나간다. 맹수 부대
들은 불대포를 맞아 온몸이 타오르면서도 불덩이처럼 돌
진을 계속한다. 큰 화살에 꿰뚫리면서도 전차들은 돌진
을 멈추지 않는다.

연합군의 포와 화살 공격이 멈추자 이번에는 중원군의 포와 화살 공격이 시작된다. 처음에는 연합군의 선봉인 철기군을 향하던 돌포탄과 큰 화살들은 차츰 멀리 중군을 향해 떨어지기 시작한다. 이미 연합군의 진영 깊숙이 파고든 자신들의 맹수 부대와 전차 부대는 아랑곳하지 않고 초토화하려는 듯 쏟아진다.

포탄과 화살을 뚫고 온 중원군 맹수 부대가 연합군을 막 덮치려는 순간 호랑이 부대가 비호같이 날아오른다. 먼 길을 내달려온 큰 곰, 작은 곰, 표범 등은 땅을 치고 날아올라 목덜미를 물어뜯는 호랑이의 상대가 되지 못하고 나가떨어진다.

중원군 진영을 향해 돌진하던 철기군은 본진의 바로 앞에서 뜻밖의 공격에 흐트러진다. 긴 대나무 끝을 깎아 사선으로 내지르고 있는 죽창에 돌진하던 말들이 찍혀 나뒹굴기 시작한다. 말이 쓰러지고 기병들이 땅에 떨어지자 죽창 부대 뒤에 있던 도끼 부대가 일제히 뛰쳐나온다.

철기군 뒤에 달려오던 과보 부대가 앞으로 나가 도끼 부대를 막아내며 죽창부대를 제압해 나간다. 투구를 쓰고 철갑옷을 입은 철기군을 돌이나 청동 도끼가 깨트릴 순 없다.

과보 부대를 앞세운 철기군은 본진을 뚫고 후방의 대포 부대를 향해 짓쳐나간다. 대포들을 에워싸고 있는 집채만 한 코끼리들에 치이고 뒤에서 공격해오는 돌팔매 부대와 기병들과 맞서며 과보군들과 철기군들은 한 대씩 대포 줄을 끊으며 적 본진의 밖으로 달아나기 시작한다.

연합군 본진을 뚫고 나와 포대를 향하던 전차 부대는 하늘에서 쭉 퍼지며 쏟아져 내리는 그물에 앞서 나가던 전차가 한두 대씩 걸려들며 앞길이 막히자 주춤거리기 시작한다. 그 사이에 무수한 화살이 날아들어 전차 부대를 그물에 걸린 고슴도치같이 만들어버린다.

연합군은 대포를 쏘아가며 중원군의 본진을 계속 밀어붙인다. 중원군도 사력을 다해 밀리려 하지 않는다. 낮에 중원군의 본진이 펼쳐졌던 구릉이 보일 무렵 날이 어두워지자 연합군은 진군을 멈춘다.

중원군도 구릉 위로 서서히 퇴각하며 잡목 숲으로 들어가고 나서야 한밤중부터 시작된 탁록대전은 일단 소강 상태로 들어간다. 완만한 구릉을 타고 올라 저만큼 탁록산 꼭대기에서 깃발들이 휘날리는 것이 보인다.

치우는 숲으로 들어간 선봉 부대를 퇴각하게 하고 구릉 아래 한참 떨어져 진용을 펼치고 밤 사이에 철저히 경계만 서도록 한다.

'중원군의 주력인 전차 부대가 궤멸되었으니 이 전쟁은 끝난 것이나 마찬가지. 판천에서 내가 당한 꼴을 되풀이하고 말았으니. 아 부왕이시여! 이 땅의 자손들은 이제 어이할 것인가.'

탁록산 꼭대기에 있는 헌원의 막사로 불려가 왜 다시 전차를 몰고 싸우라는 명을 어기고 이 꼴이 되게 했느냐는 부왕의 질책에 소호의 마음은 답답하기만 하다. 전차 부대의 궤멸보다도 탁록에서 죽어간 셀 수 없는 생명들이 가슴을 막히게 한다.

26. 불을 뿜는 용

구릉 위의 숲속에 잠복한 중원군은 밤새도록 산발적인 기습을 한다. 맹수 부대를 사방에 풀어놓기도 하고 활부대가 적진 코앞까지 기어가 화살을 날리기도 하고 기마대가 짓쳐들어가기도 하며 밤새 연합군 진영을 괴롭힌다.

소규모 기습 부대를 제압했는가 하면 또 다른 부대가 또 다른 진영을, 타죽을 줄 뻔히 알면서도 불나방 같이 달려드는 자살 공격에 연합군들은 잠을 자기는커녕 긴장을 늦출 수 없다.

날이 밝자 치우는 탁록산을 바라본다. 거의 수직에 가

깝게 가파른 오르막이 있는 험악한 바위산인 부산과는 달리 저 산은 완만한 오름에 빽빽한 잡목 숲으로 이루어진 흙산이다. 평평한 분지를 이룬 저 산꼭대기에는 대포 등 대량 살상 병장기가 있음은 물론, 상당한 병력이 주둔해 있을 것이다.

그보다는 완만한 경사의 숲속이나 땅굴 속에 있는 적들을 소탕해 나가려면 이쪽의 희생 또한 적보다 작지는 않을 것이다. 장졸들은 이틀 밤낮으로 계속된 전투에 이미 지칠대로 지쳐 있다.

날이 밝았는데도 소규모 자살 공격이 지속되었고 그 와중에서도 연합군은 아침 식사를 한다. 온종일 벌어질 싸움을 앞두고 가능한 한 느긋하게 식사를 마친 연합군은 진용을 갖추고 천천히 진군해나간다.

구릉에서 끊임없이 내려와 진군을 막는 적을 제거하며 구릉 바로 아래에 선봉 부대가 이르렀을 때 산꼭대기와 중턱 숲속 여기저기서 돌과 불 포탄, 그리고 큰 화살이 날아와 선봉 부대의 코앞에 떨어진다.

그 순간 연합군 진영 한가운데서 거대한 풍선들이 떠

오르기 시작한다. 함선같이 수많은 노를 날개처럼 달고 불을 뿜으며 떠오르는 풍선들은 커다랗고 기다란 용처럼 보인다.

가장 먼저 탁록산 꼭대기가 벌겋게 타오르기 시작한다. 멀리서 보아도 금방 알아볼 수 있는 커다란 오방색 깃발들이 타오르기 시작한다. 이어 중턱의 대포며 큰 활 진지들이 타오른다.

사령부의 작전명령이 차단되고 대포의 엄호가 끊어진 것. 아니 산 정상이 활활 타오르는 것을 보는 것만으로도 중원군의 사기는 이미 땅에 떨어진 것이다.

산 중턱에 포진하고 있던 중원군들은 자신들의 머리 위에서 불을 뿜으며 떠돌고 있는 저 흉물스러운 불귀신에 질려 허겁지겁 불을 피해 산으로 오르거나, 돌아서 남쪽으로 도망가기에 바쁘다.

그런 중원군을 연합군은 죽이지도, 쫓지도 않는다. 퇴각하는 적을 쫓지 말라는 명령도 있었지만 그들도 난생처음 본, 불 뿜는 용을 하늘에 감전이라도 된 듯 신기하게 올려다보고만 있다.

'하늘의 아들, 전쟁의 신이라는 치우천황이여! 처음 마주한 순간에 예감했지만 당신은 하늘과 땅의 이번 싸움을 이렇게 하늘의 응징으로 마무리 짓는군요. 결국 우리 꾀에 우리가 넘어갔다는 것을 실감하며 스스로 깨치게 하는군요. 아무리 지혜와 용맹이 뛰어나더라도 덕 없는 자들은 스스로 그걸 깨쳐 마음으로부터 당신 앞에 무릎 꿇게 만드는군요. 잘 알았소.'

소호는 부왕 헌원과 함께 남쪽으로 퇴각하며 불타오르는 탁록산 정상을 바라보고 다짐한다. 이 땅의 나라에도 생명을 널리 이롭게 하는 하늘의 도를 인간의 덕으로 널리 퍼뜨리게 할 것임을.

죽어 널브러진 수만, 수십만의 사람과 말과 코끼리와 맹수들, 그리고 불타오르며 신음하는 풀과 나무와 흙과 바위들 앞에 치우는 무릎을 꿇는다. 고개를 깊이 숙이고 이 대참사가 과연 하늘이 땅에 내린 심판이며 재앙인지, 땅의 인간들이 부르고 저지른 재앙인지를 자신에게 묻고 또 묻는다.

27. 다시 신시성의 봄

　눈 덮인 산봉우리들로 둘러싸인 신시성에 올해도 어김없이 봄이 왔다. 겨울이 반이고, 봄 여름 가을이 반인 고원지대. 따스한 햇살에 눈이 녹아 흐르면 신록이 우거지기 시작하는 5월부터 10월까지 부지런히 씨 뿌리고 꽃 피우며 결실 거두는 것은 물론, 가축들도 살찌워야 한다.

　봄을 맞은 배달국 도성 신시성이 올해는 더욱 부산하다. 5월 수릿날에 여덟 형제 국왕들이 수레에 특산품을 바리바리 싣고 밝은애의 돌을 맞은 환웅의 도성으로 들어온다.

　동서남북 사방에서 짧게는 사나흘, 길게는 보름 넘게

달려온 행렬들은 단오제가 끝나면 그만큼의 신시성 특산품을 싣고 그들 나라로 돌아갈 것이다. 올해는 중원성을 맡아서 그대로 다스리고 있는 소호도 그곳 특산물을 가득 싣고 먼 길을 달려왔다.

까마귀 깃털을 꽂은 오우관을 쓰고 비단 바지저고리에 허리에는 칼을 찬 형제국왕들과 소호가 차례로 환웅과 밝은애에게 각각 장수와 총명하기를 빈다. 해가 뜨자 왕궁에서 나와 도성을 반쯤 둘러싸고 흐르는 강을 건너 동쪽 산기슭에 있는 신궁으로 나아간다.

5월 5일 수릿날 가장 밝은 햇살을 받아 금빛이 번쩍이는 큰 청동 거울을 앞세우고 북을 두드리고 나팔을 불며 취타대가 뒤따른다. 이어 투구를 쓰고 갑옷을 입은 기마대가 뒤따른다. 그 뒤로 환웅과 여덟 형제 국왕들, 소호가 탄 쌍두마차, 말을 탄 장군, 백관들, 백성들의 행렬이 이어지니 그 모습이 장엄하다.

신궁에 이르니 신녀들이 허리를 굽혀 예로써 환웅을 맞는다. 마차에서 내린 환웅은 신녀들에게 절을 하고 거대한 박달나무 주위를 빙 둘러 돌로 쌓은 신단에 오른다.

박달나무 앞에 선 환웅은 두 팔을 높이 벌리고 해를 맞아들인다.

심호흡으로 환한 햇살을 들이마신 다음 허리를 굽히고 단 아래의 만백성을, 다시 납작 엎드려 땅을 온몸으로 맞아들인다. 환웅이 신단 아래의 만백성에게 이른다. 아침 햇살과 봄바람을 맞아 금빛으로 일렁이는 박달나무의 목소리로.

"머리 위의 하늘을 보시오. 텅 비어 있지만 가득히 햇살을 내리지 않는가. 발아래의 땅을 보시오. 죽었던 만물이 되살아나 푸른 생명들이 가득하지 않는가. 텅 비어야 차오를 수 있고 가득 차면 넘치는 게 하늘과 땅의 도리입니다. 아버지 태양이 가장 밝게 빛나고 어머니 땅이 가장 자애롭게 만물을 키워주시는 오늘, 우리 모두 만물과 어우러져 잘 사는 도리를 다시금 깨달아야 할 것입니다. 이 밝은 하늘 아래 그렇지 않은 무리가 있다면 깨우치도록 가르쳐 널리 이롭게 해야 마땅할 것입니다."

환웅은 위엄과 예의를 갖추고 하늘의 말을 백성들에게 전한 뒤 곧바로 신단 뒤의 신궁으로 들어간다. 그 안에서 환웅은 단오제가 열리는 3일 동안 침식을 삼가고 하늘의 뜻을 받아 스스로 신이 될 것이다. 아니 스스로 인간이 된 신이기에 백성의 뜻을 잘 받드는 왕으로 거듭 태어날 것이다.

'하느님 아버지께 3천의 무리를 얻어 내려와 이곳에 신시를 열고 배달국을 세우고 중원을 정벌하기까지 수많은 해와 달이 지나갔다. 하늘나라에서처럼 지금 이 땅의 나라에서도 땅과 권력과 재산을 놓고 다투지 않고 서로 사양하고 나누고 자유로이 오가며 살고 있는 것인가? 지금 이곳에서도 하늘나라의 도가 행해지고 있는가?

나는 그 도로써 이 땅의 법을 만들어 여덟 부족과 중원을 아우르고 있는 것인가? 나는 덕으로써 다른 부족민들을 형제처럼 대접하고 있는 것인가? 이 외진 고원의 도성 신시를 저 드넓은 대륙 청구로 옮겨야 만백성이 더 편안할 것인가?'

천장에 조그만 빛살 숨구멍만 뚫린 굴 속 같은, 신궁에서 가장 깊숙한 지성소에서 환웅은 사흘 밤낮을 가부좌 틀고 앉아 있다. 먹고 자지도 않고 해와 달과 별이 전하는 빛살의 말만을 받아들이고 있다. 일월성신, 하늘의 뜻은 무엇이고 인간의 세상살이는 무엇인가를 곰곰이 되짚고 있다.

어떻게 다스려야 하늘의 아들인 인간의 지도자로서 하늘과 인간의 뜻을 합치시킬 수 있을지를 하늘에 묻고 자신에게 묻고 있다. 모든 것이 제 자리에 놓여 알맞은 하늘나라의 도를 이 척박한 인간 세상에서 어떻게 실현할지를. 덕의 고독한 실천인 아량은 얼마만큼 너그럽게 베풀어야 할 것인지를.

환웅이 신궁으로 들어간 뒤 신단의 너른 마당과 주위의 숲에서는 사흘 밤낮에 걸쳐 축제가 벌어진다. 날개옷을 입고 흰 고깔을 쓴 신녀들이 땅에 엎드렸다 천천히 일어나 살포시 발을 들어 올리며 날아오를 듯한 몸짓으로 춤을 춘다. 절제된 느린 춤사위로 하늘과 땅에 대한 공경과 감사를 한껏 드러낸다. 북과 나팔 소리가 힘차게 울리며 군사들의 칼춤과 창춤, 도끼춤이 이어진다.

너른 마당 곳곳에서 사내들 씨름판이 펼쳐지면 숲 여기저기에서 곱게 차려입은 여인네들이 탄 그네도 뛰어오른다. 웃통을 벗은 사내들의 씨름판을 구경이라도 하려는 듯 좀 더 높이 높이 굴러 오른다.

해가 지면 모닥불을 피워놓고 까마귀, 호랑이, 곰, 개, 소, 돼지, 양 등 갖은 동물의 탈을 쓰고 농기구를 든 사람들이 빙빙 돌며 춤을 춘다. 어깨를 들썩이며 땅을 꾹꾹 밟아 누르듯 춤을 추며 옆 부락의 모닥불로 다가가면 옆 부락에서는 술과 음식을 대접하고…….

그렇게 춤과 노래와 음식과 술을 즐기면서 빙빙 돌며 밤새 아홉 부락이 함께 어우러진다. 지난해 수만 수십만이 희생됐던 전쟁의 참상은 잊고 또다시 약동하는 봄을 맞아 풍성한 수확을 기원하며 온 백성이 먹고 마시고 춤추고 어우러지며 흥겨운 축제를 벌인다.

후기

　치우는 월드컵 축구를 통해 우리 국민한테 널리 알려졌고 또 제 나름으로 공부도 적잖이 했습니다. 그럼에도 치우가 누구인가를 사실적이고 총체적으로 알리기 위해 이렇게 막상 한 권의 책으로 엮어 쓰려니 참 어렵습니다. 아직은 역부족임을 절감합니다.

　과문한 탓이겠지만 사료와 연구가 부족합니다. 사마천의 『사기』는 중국 사서 가운데 가장 오래된 책이며 역사서의 전범으로 꼽히는데, 이 책에 치우에 대한 기록이 있습니다. 그들의 조상인 황제의 치적을 드러내기 위해 쓰인 「탁록지전」에서 황제에 맞섰던 왕으로 치우를 내세우고 있습니다.

그러나 그것도 삼황오제시대, 즉 역사로 편입된 하, 상, 주나라 이전의 신화시대 이야기입니다. 다른 중국의 사서들도 거의 이 『사기』에 준해 치우를 신화적으로 편편이 기록하고 있을 뿐입니다.

우리나라의 『삼국유사』에서는 환인과 그의 아들 환웅이 나와 단군을 낳습니다. 환웅은 신시의 개척자고요. 그리고 먼 옛날 기록해 두었다 어떻게 어떻게 전해져 20세기에 들어와 책으로 나오게 되었다는 사서들에는 치우가 좀 더 소상하게 드러나고 있습니다.

배달국 14대 자오지환웅이 치우천황이고 B.C. 2707년이라는 연도까지 밝혀져 있습니다. 치우의 치적도 비교적 소상하게 기록해놓았습니다. 위서僞書 논란도 빚어지고 있는 그런 사서들은 일부 민족종교에서 소의경전처럼 소중하게 받들어지며 더욱 치밀하게 연구되고 있습니다.

자칫 종교관에 빠져들 수도 있겠기에 그런 사서들과 거기서 파생되어 근래 나온 적잖은 책이나 연구 결과 등을 수용하기도 난감했습니다. 해서 그 모든 사서와 연구를 참고하며 사실에 근거해 치우와 우리 아득한 옛날의 상고사를 총체적으로 알아보려 애썼습니다.

역사는 물론 신화학, 심리학, 지구환경, 문명사 등을 폭넓게 참조하며 합리적이고도 일반론적으로 치우를 알아보려 했습니다. 우리 민족의 조상이면서 상고시대에 동아시아를 지배했던 인물이 치우라는 최소한의 분명한 사실을 바탕으로 신화와 역사가 혼재된 상고시대의 시대상과 문명사, 그리고 민족의 얼과 철학을 살피려 했습니다.

그리고 이 책 후반부에서는 우리 민족의 단군 너머 최상고사와 탁록대전을 구체적이고도 총체적으로 들여다보기 위해 소설 양식을 택했습니다. 사료와 유물과 연구가 절대적으로 부족한 우리 최상고사의 실상을 살갑게 드러내기 위해선 사실에 기초한 문학적 상상력이 절실히 요구된다는 것을 절감해 그리했습니다. 독자분들의 양해와 많은 격려를 부탁드립니다.

2023년 한여름에 서울 홍은동 북한산자락 우거에서

이경철

한민족의 정체성을 만든
인물들을 통해, 삶의 지혜와
미래의 길을 연다.

고대

배달 민족의 얼인 고대 동아시아 지배자

나는 치우천황 이다

대동 세상을 열려는
너희 본디 마음이 나 치우다

"나는 천산산맥 넘어 해 뜨는 밝은 곳을 향해 내려와
신시 배달국을 열었다. 너도 하느님 나도 하느님,
너도 왕이고 나도 왕이니 서로서로 섬기는 대동 세상 터를
닦고 넓혀왔다. 하여 뭇 생명이 즐겁고 이롭게 어우러지는
세상을 열려는 너희 본디 마음이 곧 나일지니."
-치우천황이 독자에게-

이경철 지음 | 값 14,800원

근세

지킬 것은 굳게 지킨 성인군자 보수의 표상

나는 퇴계 다

'완전한 인간'을 위한
자기 단련의 길이 나 퇴계다

"나는 책이 닳도록 수백 번을 읽었다. 그랬더니
글이 차츰 눈에 뜨였다. 주자도 반복해서 독서하라.
이르지 않았던가? 다른 사람이 한 번 읽어서 알면,
나는 열 번을 읽는다. 다른 사람이 열 번 읽어서
알게 된다면, 나는 천 번을 읽었다."
-퇴계가 독지에게

박상하 지음 | 값 14,800원

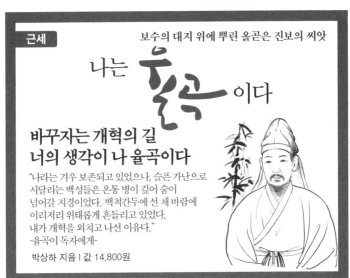

근세

보수의 대지 위에 뿌린 올곧은 진보의 씨앗

나는 **율곡**이다

바꾸자는 개혁의 길
너의 생각이 나 율곡이다

"나라는 겨우 보존되고 있었으나, 슬픈 가난으로
시달리는 백성들은 온통 병이 깊어 숨이
넘어갈 지경이었다. 백척간두에 선 채 바람에
이리저리 위태롭게 흔들리고 있었다.
내가 개혁을 외치고 나선 이유다."
-율곡이 독자에게-

박상하 지음 | 값 14,800원

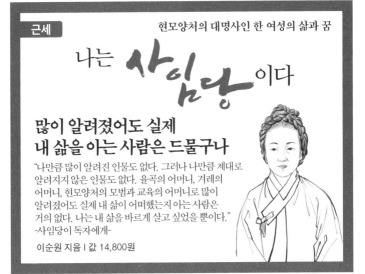

근세

현모양처의 대명사인 한 여성의 삶과 꿈

나는 **사임당**이다

많이 알려졌어도 실제
내 삶을 아는 사람은 드물구나

"나만큼 많이 알려진 인물도 없다. 그러나 나만큼 제대로
알려지지 않은 인물도 없다. 율곡의 어머니, 겨레의
어머니, 현모양처의 모범과 교육의 어머니로 많이
알려졌어도 실제 내 삶이 어떠했는지 아는 사람은
거의 없다. 나는 내 삶을 바르게 살고 싶었을 뿐이다."
-사임당이 독자에게-

이순원 지음 | 값 14,800원

현대　　　　　　　모국어로 민족혼과 향토를 지켜낸 민족시인

나는 백석 이다

깊은 슬픔을 사랑하라

분단의 태풍 속에서 나는 망각의 시인이었다.
하지만 한국의 독자들은 다시 내 시에
영혼의 불을 지폈다.
나는 언제나 외롭고 높고 쓸쓸한 시인이다.
-백석이 독자에게-

이동순 지음 | 값 14,800원

현대　　　　　남북한과 동서양의 화합을 위해 헌신한 삶과 음악

나는 윤이상 이다

남북통일과 세계의 화합과 평화를 염원하며 작곡했다

"나는 남한과 북한, 동양과 서양, 고전과 현대의 경계에 서서
화합을 모색해 왔다. 우리 민족혼을 바탕으로 민주화와
통일을 갈망했고 세계가 전쟁과 핵 공포에서 벗어나
평화와 평등의 세상으로 나가기를 바랐다.
내 음악은 이 모든 염원의 표상이다"
-윤이상이 독자에게-

박선욱 지음 | 값 14,800원